HEROINES

NEFELTARI VIVI | PERONA

HEROINES

NAMI | NICO ROBIN

ONE PIECE novel HEROINES

（原作）尾田栄一郎
（小説）江坂 純
（イラスト）諏訪さやか

JUMP j BOOKS

Characters

ナミ
麦わらの一味の航海士

ニコ・ロビン
麦わらの一味の考古学者

ネフェルタリ・ビビ
アラバスタ王国の王女

ペローナ
シッケアール城に住む
ゴーストプリンセス

Contents

episode : **NAMI**
The shoe must go on! …… 007

episode : **ROBIN**
Unscramble egg of the archeologists …… 047

episode : **VIVI**
The blue rose and the "writingale" …… 089

episode : **PERONA**
Nightmare after NAGASHIDARU …… 129

extra episode : **NAMI**
Don't let me go …… 170

episode:
NAMI
The shoe must go on!

「ねえ！　この靴《くつ》のお店、どこだかわかる？」

カフェのテラス席でタバコの煙をくゆらせていたら、急に背後から声をかけられた。

首をひねって振り返れば、目の前に突き出されたのは一足のパンプス。中敷きに縫《ぬ》い込《こ》まれたタグに、金の糸で『Lebno Listchaque《ルブノ・リスチャク》』と刺繍《ししゅう》がしてある。

「ああ、そこの角を右に曲がってすぐの所だよ。大きく店名の入ったファサードサインがあるから、多分すぐにわか、る……」

答えながら顔を上げた男は、パンプスを持った女性の顔を見るなり、ぽかんと口を開けて固まってしまった。指の間に挟んだタバコの火が、じりっと強く燃え上がる。女性はテーブルの上の灰皿を手に取ると、ぽろりと零《こぼ》れたタバコの灰がアマレットの底へと落ちる前にさっと受け止めた。

「教えてくれてありがと」

軽く微笑《ほほえ》んでお礼を言うと、女性はコトンと灰皿をテーブルに戻し、足早に通りを横切っていった。男性は相変わらず同じ姿勢で固まったまま、視線だけは女性を追いかけ続けている。

……なんだ、あれは。女優？　モデル？　いや天使か？

姿勢よく背筋を伸ばした後ろ姿。ゆるいウェーブのかかった長い髪は、目の奥が痛くなるほど力強いオレンジ色で、日差しを浴びて極上のフルーツのようにきらきらと輝いている。

華奢《きやしや》な体つきのこの女性の正体が、女優でもモデルでも、ましてや天使でもなく「海賊」だなんて、男には知る由《よし》もなかった。ハイブランドの本店が軒《のき》を連《つら》ねるこの島は、世界のトレンドの最前線。住人たちはみな、いかに自分を着飾るかに夢中で、賞金首の手配書なんて見てもいないはずだ。〝泥棒猫〟ナミは、無遠慮な羨望《せんぼう》に満ちた人々の視線を片《かた》っ端《ぱし》から受け流して、赤煉瓦《あかれんが》の敷き詰められた歩道を堂々と歩いていく。

カツ、カツ、カツ――

指の先に引っかけて持ったパンプスのかかと同士が、ナミの歩く速度に合わせてリズミカルに打ち合う。青いサテン生地《きじ》にクリスタルビーズを散らしたゴージャスなパンプスで、ピンヒールは強気の10センチ。一方で今ナミが履《は》いているのは、足首までしっかり固定するシンプルなサンダルで、ヒールの高さは3センチもない。

男に教えられた通りの場所に、目当ての店はあった。Lebno Listchaque《ルブノ・リスチャク》——女性なら誰でも知っている高級シューメゾン。ここが唯一《ゆいいつ》の直営店だ。ガラス扉を押して中に入ると、ちょうど客が引いたところらしく、店内には誰もいない。

あちこちに飾られた靴が美術品のように照明を浴びているのには目もくれず、ナミは広い店内を堂々と突っきって、最奥《さいおう》のカウンターで呼び鈴を鳴らした。

「……はい。何か御用ですか？」

カウンターの奥から出てきたのは、ナミと同世代くらいの女性だ。髪をきっちり内巻きにスタイリングして、口元にはブルーピンクの口紅を引いている。

「これ、交換したいんだけど」

単刀直入に告げ、ナミはパンプスをカウンターの上に置いた。

「不良品よ。午前中にここで買ったんだけど、履いて十分も歩かないうちにめちゃめちゃ足が痛くなったの。それで、ちょっと調べてみたら——ほら、見て。中敷きが土踏まずに合わせて湾曲してないみたい。それに、全体的にアッパーの固定があまいし、かかともあきすぎだし……何かの手違いで、サンプル品か何かを売られちゃったんじゃないかしら」

「見せてください」

女性が、丁寧《ていねい》な手つきでパンプスを持ち上げる。白シャツの上に着たエプロンのポケットが革包丁《かわ》やらハンマーやらで膨《ふく》れているのを見るに、おそらく彼女は併設の工房で働く職人なのだろう。店員《クラーク》も兼《か》ねているらしく、胸に〝ミウチャ〟と名前の入ったバッジをつけていた。

良かった。職人さんが見てくれるなら、きっと話が早いわよね。早く済んだら時間が余るから、さっき見かけたカフェでケーキでも食べようかなあ……などとナミが楽観的に考えていると、ものの数秒でパンプスを調べ終えたミウチャが顔を上げた。

「不良品じゃありません」

……なんだって？

「予算の都合上、中敷きの湾曲は省略してるんです。かかとの詰めもアッパーの固定も、基準内ですし。申《もう》し訳《わけ》ありませんが、この靴は、れっきとした規格品です」

ひといきに言うと、ミウチャはパンプスをナミに返した。にべもない。受け取ったパンプスをそのまま床の上に叩《たた》きつけてやりたいところだが、大人《おとな》の分別《ふんべつ》でなんとかこらえ、ナミは腕組みをしてゆっくりと切り出した。

「……あのね、ミウチャ。私が買ったのは、ただの靴じゃなくて『ルブノ』よね？〝履いて走れるピンヒール〟が、あなたたちの売りじゃなかったかしら？」

女性の足を芸術品に仕上げる繊細《せんさい》なフォルムと、10センチのピンヒールでも走れる唯一《ゆいいつ》無二《むに》の履き心地——それが世に知られるルブノの評判で、だからこそ、ナミはこのパンプスを買ったのだ。

船旅を続けるナミには、持てる私物の量に限界がある。少ない服を着回してワードローブを作るのは一苦労だ。使い時の少ない10センチピンヒールのパンプスなんて普段なら絶対に買ったりしないのだが、旅の途中で立ち寄ったこの島に『ルブノ・リスチャク』の直営店があると知ったら、急にどうしても欲しくなってしまった。お気に入りの服や靴を捨ててなんとかクローゼットのスペースを確保し、港近くの店舗で悩みに悩んで選んだのが、このロイヤルブルーのサテンパンプスだ。

海賊が履くには全くもってふさわしくない、飴細工《あめざいく》のように繊細な靴。足を入れると、細いピンヒールが絶妙のバランスでナミの身体《からだ》を支え、それだけでとびきりに良い気分になれた。

足元が華《はな》やかだと、なんだか気取りたくなってくる。上機嫌《じょうきげん》で甲板《かんぱん》に出ると、真っ先に気づいたコックが音速ですっ飛んできて、あれやこれやと言葉を尽《つ》くして褒《ほ》めちぎってくれた。年上の考古学者も「よく似合うわ」と微笑みかけてくれたし、船医は「キラキラしてて星みたいだな～」とため息をつき、船大工はサテンやクリスタルビーズの品質に感心していた。

しかしながら、荒くれものぞろいの麦わらの一味には、この靴の良さを理解できない者もいる。靴の値段を聞いた狙撃手《そげきしゅ》は心底あきれ返り、音楽家は靴よりもナミの脚線の方を一生懸命見ているようだった。船長はといえば、飛んできた珍しい鳥や昼食のメニューにばかり気を取られていて、ナミの靴が新しくなっていることになど気づきもしない。

ま、仲間の反応はなんだっていいのだ。これは、自分が履きたくて買った靴なんだから。

——なんだその靴、走れねェだろ。いつ履くつもりだ？

そんなふうに剣士がからかってきた時、ナミはここぞとばかり得意げに腕組みをして、こう言ったものだった。

「わかってないわね。ルブノ・リスチャクのピンヒールなら、走れるのよ」

そう、走れると聞いていたのだ。ルブノなら。それがまさか、履いて十分と経《た》たないうちから、あんなに足首が痛くなるなんて！

二十万ベリーもはたいて不良品を買わされておきながら、黙って引き下がったりなんて絶対にしない。なんとか交換させようと、ナミはこうして工房併設の直営店へとやってきたわけなのだが――

「『履いて走れる』がウリだったのは昔の話なんです」

ミウチャの対応はいかにもマニュアル通りで、とりつくしまもなかった。

「まだルブノが町はずれの小さな靴工房だったころは、確かに履いて走れる靴でした。一つ一つを手作業で大事に作っていましたからね。でも、会社が大きくなった今は、手間をかけていたら生産が追いつきません。多少履き心地が悪くなっても、製造数を稼がないと」

「でも……それにしたって極端じゃない？　ステッチはしっかりしてるし、サテンだって高級品を使ってて、見える部分にはちゃんとコストをかけてるのに。見えないところで手を抜きすぎだわ」

「ヘッドデザイナーの方針なんです」

ミウチャは困ったように肩をすくめた。「そのパンプス……クリスタルビーズを散りばめたブルーサテンは今年のトレンドですよね。流行の寿命は短いし、どうせ来年には誰も履かなくなるデザインの靴を、丁寧に作ったってしょうがないんですよ。多少履き心地が悪くても、流行《はや》りのデザインならみんな我慢して履きますし」

身もふたもないことを言う。

どの靴も結局同じクオリティなら、交換しても意味がない。あーあ、とナミは内心でため息をついた。

こんなことなら、あいつらに見せびらかすんじゃなかったなぁ。靴を返したと知られたら、ここぞとばかりからかわれるに決まってる。走れる靴なんじゃなかったのかとせせら笑うゾロの顔を想像するのは癪《しゃく》だが、かといって、これ以上店員と押し問答を続けるほどナミは暇じゃない。

「わかった。じゃーもう交換はいいわ。返品して」

「いえ、返品は受けつけてないんです」

「は!?」

ナミは、不良品ではないと言われた時の何倍も眉間《みけん》のしわを深くして、ミウチャに詰め寄った。「レシートにはそんなこと一言も書いてないわよ!?」

「書いてませんが、規則なので。たとえ一度も履いていなくても、返品はお受けできません」

「何言ってるのよ。履けない靴にお金を払う筋合いはないわ。絶対に返品してもらうからね！」

「そう言われても……無理なものは無理なので。あなたが履かないのなら、お友達に差し上げてはどうでしょう？」

「走れない靴を欲しがる友達なんて、私にはいないわよ！」

「なんか揉《も》めてる？」

男の声が口を挟んだ途端、ミウチャの背筋《せすじ》がぴんと伸びた。カウンターの奥にある工房の扉を開けて出てきたのは、スーツを着た背の高い男性だ。プレスの効いたジャケットにはシワひとつないが、インナーに着た灰色のシャツは襟元《えりもと》が少し汚れている。

「ルブノさん……すみません、騒がしくて。この方が、靴を返品したいと」

「ルブノ？　てことは、あなたがルブノ・リスチャクね」

ナミは怒りにまかせて、勢いよく男に顔を向けた。「ちょうどいいわ。このパンプス、返品したいの！　痛くて痛くて、とても履いてられないのよ」

ルブノは、突き出されたパンプスには一瞥《いちべつ》もくれず、ナミの全身をぐるりと眺《なが》めて「だろうね」と口の端を上げた。

「これは、きれいなだけのひどい靴だ。でも、不良品だって文句を言いに来た子は、君が初めてだね。たいていの子は『ルブノ・リスチャクの靴なら』って、足が痛くても我慢して履いてくれるか、履けないのは自分の足の形が悪いんだってあきらめてくれるもんだよ」

うわあ。

あまりの言いざまにあきれ果て、ナミはひくりと口元をゆがませた。怒りが一気にしぼんでいく。憧れのルブノ・リスチャクが、まさかこんなやつだったなんて……。

「まあ、でも、君ならいいかな」

ぐっと顔をのぞきこまれ、ナミは嫌《いや》そうに一歩後ずさった。

「……どういう意味よ？」

「靴、特別に作り直してあげるってこと」

ミウチャが、弾《はじ》かれたようにルブノを見た。

「ただし、うちのモデルになってくれるならね」


モデルといっても専属になれという意味ではなく、今夜近くの会場《フィエラ》で行われるコレクションでランウェイを歩くだけでいいらしい。正味二、三時間の拘束で靴を作り直してくれて、しかもルブノの靴を好きなだけ持って行っていいと言うのだから、降って湧《わ》いた話にしてはずいぶん好待遇だ。

「……なんで私？」

「顔が可愛《かわい》くて、スタイルが良くて、長い髪がきれいだから」

髪に触れようとしてきたルブノの手を、首を傾《かし》げて軽くよけ、ナミは店内をぐるりと見回した。

華やかなフラワープリントのミュールに、大胆にカーブしたシルエットがなまめかしい15センチヒールのパンプス。フリンジのついた砂色のコルクパンプスは、アラバスタ王国をイメージして作られた新作だ。ルブノはイヤな男だが、デザインのセンスは本物のようで、モダンなディスプレイに飾られた靴たちにはそれぞれ違ったストーリーを感じさせる魅力がある。いずれも一足二十万ベリーは下らないはずだ。それを好きなだけ持って行っていいと言うのなら、大儲《おおもう》けじゃないか。

こんなにたくさん、船には持ち込めないけど……ま、出航前に売りさばけばいっか！

というわけでコロリと態度を翻《ひるがえ》し、二つ返事でモデルになることを了承したナミは、準備のため、ミウチャに連れられてフィッティングルームへとやってきたのだった。

「まず、足のサイズを測りましょう。サイジングは靴を作るにあたって何より大切ですから」

椅子《いす》に座ったナミの隣に膝《ひざ》をつき、すました表情でメジャーを引っ張ったミウチャは、突然ぎょっとしたように動きを止めた。視線の先をたどれば、ナミの右足の親指の爪が、ぱっくりと割れている。

「ああ、それ、走っててぶつけちゃったのよ」

ナミが苦笑《にがわら》いで言うと、ミウチャの表情がますますこわばった。

「……どんな走り方したら、こんなになるんですか?」

「まあ、いろいろね。大丈夫よ、ちゃんと帰ってから消毒してもらったから」

あいつらと冒険していると、そんなことばっかりだ。生傷切り傷擦《す》り傷は常に絶《た》えない。

「せっかく、こんなにきれいな足なのに……もったいない」

つぶやきつつ、ミウチャはナミのくるぶしを手のひらで支えた。滑《なめ》らかな甲にメジャーを巻きつけて、甲の周囲、横幅、親指から小指までの長さ、全体の輪郭《りんかく》など、すみずみまで隈《くま》なく採寸していく。

ものの数分で採寸を終え、ミウチャは型紙をナミの足裏に当てた。体重のかかる位置を確認しながら、するするとチャコペンを走らせて型紙を完成させていく。

ちっちゃいころ、ベルメールさんにもこうやって、あちこち測ってもらったっけ。

ずっと昔に見た母親の姿が、懐《なつ》かしくナミの脳裏《のうり》によみがえった。ナミやノジコの話し相手になりながら、ちくちくと裁縫《さいほう》をしていた姿。ベルメールブランドのオートクチュールは、いつだって世界に一枚だけの贅沢品《ぜいたくひん》だったのに、子供だったナミにはその良さがわからなくて、いつも文句ばっかり言っていた。

「ナミさん、ショーでどんな靴が履きたいですか?」

ミウチャが、ふいに顔を向けて聞いた。

「希望があればお聞きしますけど」

「そうねえ……」

ナミは、妙にゆっくりと答えた。

「……ライオンとひまわりはどう?」

「え?」

ミウチャがぽかんとして、作業の手を止める。

「ひまわりとライオンが合体したデザインのバックルをつけたいの。ほら、ひまわりの花びらって、たてがみに見えるでしょ。ライオンは、怒ってる表情がいいわ。あごが外《はず》れそうなくらい、大きく口を開けてて」

「はあ……」

呆気《あっけ》にとられた表情のミウチャを嬉《うれ》しそうに見つめると、ナミは少しだけ笑って「なんてね」と肩をすくめた。

「歩いていて痛くならない靴なら、なんでもいいわよ」

「ナミさん、用意できました？」

試着室の扉をノックして声をかける。中から「もうちょっとー」と返事が来たので、ミウチャは「はい」と短くうなずいた。

足の採寸の次は、洋服の試着だ。靴はシンプルな赤いパンプスにすることにしたので、洋服もそれに合わせて赤と白のツートンカラーでまとめた。急きょ用意した衣装だけど、ナミならきっと、さぞかし華麗に着こなすだろう。

歩いていて痛くならない靴、かぁ……。

そんなコンセプトで靴を作るのは久しぶりだ。安定感を出すために幅広のアンクルストラップをつけて、中敷きには低反発素材を使おうか。素材は光沢のあるエナメル……いや、それより、サテンの方が映《は》えるかな？

あれこれ考えていると、ナミが試着室から出てきた。

「どう？」

デコルテの開いたフリル付きのブラウスと、マイクロミニの真っ赤なフレアパンツ。

ミウチャは小さくため息をついた。

指の先からつま先まで、完璧《かんぺき》だ。ブラウスに包まれたウエストも、裾《すそ》からのぞいた腿《もも》のラインもすばらしく理想的で、まるで緻密《ちみつ》な海図のようにすべてが調和していた。大きな黒い瞳が特徴的な顔つきはどこかあどけなく、表情も振る舞いも飼い猫のように愛くるしいのに、時に黒豹《くろひょう》のように妖艶《ようえん》なあくどさが滲《にじ》み出《で》る。

「お似合いです」

一応言ってはみるものの、ナミがモデルに向かないことは明らかだった。彼女自身が完璧すぎて、服に視線が行かないのだ。本来の主役であるはずの腰で結ばれたベルベットリボンに、誰も注目しない。

「服は全く問題なさそうですね。靴も試してみましょう」

「さっきサイズを測ったばっかりなのに、もう出来てるの？」

「試着を待っている間に、仮組みしておいたんです。五分ください。まだ飾りなどはついてない状態ですが、履き心地のチェックはできると思います」

エプロンの大きなポケットから作りかけの靴を取り出し、ミウチャは大急ぎで作業を始めた。まだ完成にはほど遠い状態だが、足を入れて張りかけのステッチを内側に巻き込んだら、アッパーはほとんど完成。あとはトップリフトをつけて、ヒールネイルで固定するだけだ。コナの木で作ったヒールは割れやすいから、釘《くぎ》を打ち込むのも慎重《しんちょう》にやらないと……。

「上手《じょうず》ね」

立ったまま、みるみる靴を完成させていくミウチャを見ながら、ナミは感心してつぶやいた。

「すっごく丁寧。アッパー部分も、しっかり詰まってるのが見ただけでわかるわ。私が買った、あのひどいパンプスとは比べ物にならないみたい」

「どっちも同じ職人が作ってるんですけどね。技術というより、手間の違いです」

「ねえ、いつからルブノと付き合ってるの？」

ぱきっ。

いきなり聞かれてつい力加減を間違え、ミウチャは高価なヒールに盛大にヒビを入れてしまった。

「……誰から聞いたんですか？」

「ルブノの襟元。あなたの口紅で汚れてたわよ」

珍しい、ブルーピンクの口紅。思わず口元に手をやったミウチャをまっすぐに見つめ、ナミは続けて聞いた。

「あなたが自分の信念を曲げてルブノ・リスチャクの方針に従うのは、それが理由なのかしら」

「信念?」

「本当は、もっと丁寧に作業して、良質な靴だけを作りたいんじゃない?」

「そんなこと……」

否定しようとしたが、続く言葉が見つからず、ミウチャは一度息継《いきつ》ぎした。

「……なんで、そう思うんですか」

「見てればわかるわ。あなた、すごく腕がいいもの」

ミウチャは思わず自分の手元に視線を落とした。革のにおいの取れない手のひらや、指紋の薄くなった指先。みっともなくて恥ずかしいから、いつもネイルや香水で隠している。

「友達に、コックや船大工がいるんだけどね。採寸してる時のあなた、彼らにそっくりなのよ。私には違いのわからないたくさんの道具や材料の中から、瞬時に必要なものだけ選び出して……ぼーっと見てるとあっという間に完成しちゃうの。複雑な手順も、遺伝子に刻み込まれてるみたいに早々とこなしちゃって、まるで魔法みたいよ」

「へえ。そうなんですか……」

相槌《あいづち》を打ってから、自分のことも同時に褒められているのだと気がついて、ミウチャはゆっくりと頬《ほお》を赤くした。

魔法みたい、なんて。そんな言葉をもらったのは生まれて初めてだ。

「こんなに腕がいいのに、ひどい靴ばかり作らされてるなんて。もったいないわ」

それも初めて言われた言葉だ。……もったいない？　何が？

ミウチャは、手の中の靴型をいったん置いて、首を横に振った。

「いいんです、それがルブノの方針なので。ルブノ・リスチャクは、彼あってのブランドです。ルブノに逆らったら……」

「解雇される？」

「そんなことはしないでしょう。でも、恋人としては……きっと、捨てられる」

「捨てられるのは嫌なの？」

すこんと聞かれ、ミウチャはぱちぱちと目をしばたたいた。

「嫌も何も……相手はあのルブノ・リスチャクですよ⁉　付き合えるだけで光栄じゃないですか。世界的に名の知られたデザイナーです。彼の恋人の座はこの業界において最高のステイタスで……」

「でも、彼の指輪に彫《ほ》られてるイニシャルは、あなたのものじゃないみたいだけど」

どこから出したのか、ナミはミウチャに銀色の指輪を見せた。

見覚えがある。

「それ……」

「さっき拾ったの。ルブノのよね。返しておいてくれる？」

ナミの視線は、イニシャルの説明を求めている。

投げてよこされた指輪をキャッチして、ミウチャはおずおずと口を開いた。

「……ルブノには、私のほかにも、常に何人か恋人がいるんです。今は多分、私は……三番目。でも……それでも、いいんです。彼はあのルブノ・リスチャクですから！　付き合えるだけですごいことです。そうでしょ？」

「つらくないの？」

ナミの口調はごく普通だったが、なんだか哀《あわ》れまれているように感じられて、一気にみじめな気持ちになった。

「ミウチャ、余計なお世話かもしれないけど……ルブノと付き合ってることは、本当にあなたのステイタスになってる？」

「なってますよ！　友達はみんなうらやましがってくれるし……」

「それは、やりたいことを捨ててまで、手に入れなきゃいけないもの？」

ミウチャは、手のひらを指輪ごときゅっと握りしめ、のどに力を入れた。

「はい」

あなたみたいにきれいなひとには、きっとわからない。平凡な人間が強く生きていくためには、飾りが必要なのだ。

正しく生きて損をするくらいなら、そうしない方が賢《かしこ》いに決まってる。


あの人、ムカつく。

靴底をちまちまと縫いつけながら、ミウチャは最高に苛立《いらだ》っていた。

ナミに言われた言葉が、いつまでも胸の奥に張りついて心をえずかせる。あの場で反論できなかったのも悔《くや》しくて、あとから思い返すほど余計に苛立ちが募《つの》った。

「なんで、初対面の女にあんなこと言われなきゃいけないのよ……」

悪態をつきながらも、作っているのがその女のための靴なのが腹立たしい。丁寧な靴作りができる久しぶりの機会なのに、ちっとも無心になれなくて、全然楽しくなかった。

「なーにが『つらくないの？』よ！　知ったふうな口利《き》いちゃって……うっざ！」

つらいに決まってる。でも我慢してるのだ。大人はみんな。

そりゃあ、ナミはいいだろう。生まれつき可愛くて、スタイルも良くて、きっと望んだことは何でも叶《かな》う人生を送ってきたに違いない。どうせ小さなころからチヤホヤされて、何不自由なく育ってきたのだろう。そういう人たちは、普通の人々が大変な苦労をして、色々なことを我慢しながら生きていることを知らず、平気で理想論を口にする。

普通の人はルブノの靴を返品させてもらえないし、突然スカウトされてランウェイを歩くこともない。痛い靴を我慢して履いて、勤務先と自宅の往復路を歩いて生きていくものなのだ。欲しいもののために、何かをあきらめなくちゃいけない時だってある。たとえそれが、意にそぐわない靴を作ることでも。自分のものにならない恋人の機嫌を窺《うかが》い続けることだとしても。その取捨選択を、誰かに責められる筋合いはない。私だって、毎日、十分頑張ってるんだから——

「あー、ムカつく!」

集中しないと手元が狂うのに、さっきから気が散ってばかりだ。それでもプロの根性で、なんとか時間までに完成へとこぎつけた。

10センチピンヒールの真っ赤なパンプス。

足首を固定するストラップの中央に輝くのは、シンプルなスクエア型のバックルだ。ありきたりといえばありきたりだけど、クラシックは不滅だし、ほっそりとしたナミの足首に良く似合うはず。

世界に一つだけ、ナミのためのオートクチュールパンプスは、我ながら良い出来だった。癪なことに。最近は量産用のひどい靴ばかり作っていたけれど、まだまだ腕はなまっていないらしい。この靴ならきっと、あの女がいくら飛んで跳《は》ねて走り回っても大丈夫だろう。

「いい靴だなー……」

自画自賛して、ミウチャは完成したパンプスの表面をそっと撫《な》でた。

この業界に入ったのは、こういう靴をたくさん作りたいと思ったからだったっけ。……

もう、昔の話だけど。

ナミがこれを履くまで、あと数時間。

♛

その夜。ルブノ直営店からほど近い会場《フィエラ》では、世界に名だたるハイブランドの新作コレクション発表会が行われていた。

ホールの中央に用意されたランウェイの上を、棒きれのように背筋を伸ばしたモデルたちが、入れ替わり立ち替わり通り過ぎていく。客席は、世界に名の知られた著名人でいっぱいだ。各国のエディターやバイヤー、女優に王族、そしてＴＤセールスランキング常連のアーティストたち——

並みいるセレブリティに混じり、ミウチャは得意げに、客席で膝を組んでいた。

靴会社の一社員に過ぎないミウチャは、本来なら裏方で働くスタッフの立場だ。にもかかわらずこうして客席に座っていられるのは、ルブノの恋人特権にほかならない。

社費で借りたドレスやアクセサリーを身に着け、足元はもちろん、ルブノ・リスチャク。

ヘアメイクは一流のスタイリストに頼んだ。とびきりきれいに自分を飾り、しかも座っているのは、モデルの纏《まと》う香水のにおいまではっきりわかる最前列の特等席。トータルプライス何百万ベリーという高級服がほんの鼻先を行ったり来たりするのは、それだけでたまらない快感だ。おまけに隣には、一流デザイナーのルブノがいる。

自分が周《まわ》りにどう見えているのかを考えると、最高の気分だった。

何も知らないナミに、哀れまれる筋合いはない。今、私は、文句なしに幸せだ。

「あの子が出てくるの、楽しみだな」

目の前を通り過ぎていくモデルのベージュのコートを目で追いながら、ルブノがふいにつぶやいた。

「え?」

「ナミちゃんだよ」

モデルがランウェイの奥に引っ込んでいく。ベージュのコートがそんなに気に入ったのか、ルブノの目つきはうっとりとしていた。

「ダサい一般人がルブノを履いてるところを見せられるのはもうたくさんだ。ぼくのブランドを履く価値があるのは、本当は、彼女みたいな一握りの美人だけなんだから」

ミウチャは、自分の足元に視線を落とした。彼は、私がルブノを履くことも、本当は嫌なのだろう。

ぼくの靴は死んだ。

というルブノの愚痴《ぐち》を、ミウチャはこれまで何度聞かされたかわからない。ブランドが有名になればなるほど、ルブノはどんどん幻滅していった。町中に彼のデザインした靴があふれるようになったからだ。

——かつて、ルブノ・リスチャクの靴を履くということは、ぼくが提供する洗練されたグループに所属しているという証《あかし》だった。ぼくの靴は、自分は他のダサい連中とは違うんだって示すための品だった。それなのに、今は、誰もがぼくの靴を履いている。靴の良《よ》し悪《あ》しなんてわからないような野暮《やぼ》ったい連中が、ルブノの名前だけでありがたがって靴を買う。悪夢だよ。みんな、履きやすくて優《すぐ》れたデザインの靴なんて求めてない。靴底に『ルブノ』のロゴさえ入っていればそれでいいんだ——

ルブノは、作る靴の質をどんどん落としていった。皮肉なことに、靴の売り上げは全く落ちなかった。痛みを我慢して履き続けることに価値がある——女性たちは親切にそう解釈して、足が痛くなるきれいな靴を買い続けた。ルブノの名は世界中の女性に知られ、ブランドは一流の仲間入りを果たして、際限なく新作を発表するようになった。季節が一周するころには命を終える、使い捨ての靴を。

彼は、妥協することを覚えたのだと思う。プライドを捨て、商業に徹することを選んだ。最近ではショーの単価を下げるために、モデルが身に着けるアクセサリーを海賊に横流しさせているほどだ。そんなルブノの隣に居続けたいのなら、ミウチャも同じことをしなければならない。いくら履いても痛くならない靴を作るなどという子供じみた夢は忘れて、ルブノ・リスチャクの方針に従わなくては。

ミウチャは伏《ふ》せていた目をゆっくりと上げた。服をなびかせて行きかうモデルたちは、みんな、まるで鎧《よろい》でも纏っているかのように無表情だ。

ブランドが入れ替わる合間、ちょうどＢＧＭが途切れたタイミングで、ふふ、とルブノが忍び笑いを漏《も》らした。

「どこのメゾンも有名モデルを使ってるけど、今回はうちの勝ちだな。ナミちゃんが一番だ」

「彼女、きれいですものね」

言ってから、つい不機嫌な口調になってしまったことに気がついて「楽しみですね」と慌《あわ》てて付け加えた。ついでにルブノの方に顔を向け、小首を傾げて微笑んでみたが、彼の顔はずっとランウェイの方へ向いていて、ミウチャのことなど初めから視界に入っていない。

「ルブノ・リスチャク！」

進行役のアナウンスが響き渡る。ナミは一番手で出てくるはずだ。

複雑だった。今は正直、ナミの顔など見たくない。だけど、ランウェイの上で彼女がどれほど美しくルブノの靴を履きこなすか、どうしても気になってしまう。

レトロミュージックのイントロが響き渡る。

ピンスポットが照らす丸い明かりの中に、ナミがゆっくりと入ってくる。

「え……」

ミウチャは、息をのんで固まった。隣のルブノも、眉根《まゆね》を寄せて困惑《こんわく》している。

現れたナミは、昼間フィッティングした服と全く違う格好をしていたのだ。

ブルーグリーンのブラトップに、ジーンズ。どちらもありふれた材質で、一目で普段着だとわかった。メイクもせず完全に素顔で、長い髪はざっくばらんに背中へ下ろしている。

ファッションショーにあるまじき、あまりにシンプルな格好——ただ足首から先だけが、ミウチャのパンプスに飾り立てられて、りんごのように真っ赤な色彩を放っている。

ナミは軽く顎《あご》を上げて客席をひとにらみすると、一歩ずつ、前へと歩《ほ》を進めた。

カツ、カツ、カツ――ヒールの音が、BGMを切り裂くように響き渡る。ミウチャのパンプスに支えられて、しなやかな脚線は堂々とランウェイを進んでいく。

「きれい……」

ミウチャは自然に、そうつぶやいていた。

いつものナミだった。生まれ持ったオレンジ色の髪と、肩の上のタトゥーをアクセサリーにして、そこにいるだけ。自然体だ。光に向かって枝葉を伸ばした樹木のフォルムや、朝露《あさつゆ》に濡《ぬ》れたくもの巣の色彩のように。

短いランウェイの往路を終え、ナミがくるりとターンする。観客たちは、物音ひとつ立てず、息すら止めて、自信に満ちたナミの姿に見入っていた。

やっぱりナミはモデルに向いていないだろう。彼女自身が目を引きすぎて、服や靴に誰も注目しない。でも、ランウェイを歩くナミの動作が自然なのは、歩きやすい靴と機能的な服装のおかげだ。

ミウチャは、きゅっと手のひらを握りしめた。

ナミのことが心の芯からうらやましくて、悔しくて妬《ねた》ましくて、たまらない気持ちだった。着飾らなくてもこんなに強くいられる人が、この世にいるなんて。

ナミはほんの数十秒ほどでランウェイを歩ききった。魅了した観客を置き去りにして、そっけなく舞台袖へと消えていく。

——彼女のところへ、行かなきゃ。

立ち上がって歩き出そうとしたミウチャは、バランスを崩してその場でつんのめった。

そうだ、今日はウチの靴を履いてたんだっけ。こんな靴じゃ、望んだ場所に向かうことすらできない。

「おい、何やってんだ。邪魔だよ」

ルブノににらまれたが、気にしている余裕はない。ミウチャは脱いだ靴を手に持ち、素足になって会場を抜け、そのまま控室へと走った。廊下ですれ違うスタッフたちは準備に追われて忙しく、足早に通り過ぎる女が靴を履いていないことになんて誰も気づかない。

「ミウチャ」

角を曲がった先に、ナミがいた。あわただしく廊下を行きかう人々とは全く無縁の落ち着きで、ゆっくりと廊下を歩いてくる。

「ナミさん……あの、私」

「ごめんね」

ミウチャの前まで来ると、ナミは悪びれずに笑った。「直前で気が変わって、着替えちゃったわ。前の服も悪くなかったけど、窮屈《きゅうくつ》で。靴を見せるためのショーだもの、構《かま》わないわよね？」

構わないわけないだろう。

と思ったが、なんだか何も言えなくて、ミウチャはため息をひとつついた。

「……びっくりしましたよ。もう」

ナミは、ファッションショーの時の格好のままだ。自然体でシンプルで、自分を飾り立てるものはなにひとつ身に着けていないけど、それでも、たまらなく美しい。

こんなふうに生きる人のための靴を作りたかったんだっけ、と今さらのように思い出した。痛くて履けない、きれいなだけの靴なんて、本当はずっと作りたくなかった。納得できない仕事をそれでも延々と続けたのは、ルブノの恋人というステイタスが自分にとって一番大事なものだと思っていたからだ。それさえあれば、ずっと幸せでいられると思っていた。

本当は、とっくに息苦しくなっていたのに。

なにひとつルブノのせいじゃない。すべて自分のせいだ。自分の力ではないもので、自分を飾ろうとした。

ミウチャは決意して、深呼吸をひとつした。

「私、ルブノを辞《や》めます」

ナミに出会って初めて、自由に生きられない自分のことが嫌いになった。それまでは、嫌な仕事もやりたくない仕事も、我慢してやるのが当たり前だと思ってたのに。

「明日《あした》から無職です。それに、もう友達に、ルブノと付き合ってるなんてすごいって言ってもらえないけど……でも……」

「いいんじゃない？　別に、人に褒められなくて。私だったら、そんなことより、いつでも笑っていられる強さをなくしてしまうことの方が怖いけどね」

この人でも、怖い、なんて思うことがあるんだろうか。

戸惑《とまど》うミウチャと目線を合わせ、ナミはふいに、とろっと笑った。

「生きて頑張ってれば……絶対、必ず楽しいことがたくさん起こるわよ」

「なんで言いきれるんですか？」

「教えてもらったの」

「誰に？」

ナミは質問には答えず、いきなりミウチャの腕を引いた。抱き寄せられ、ぽんぽんと子供みたいに頭を撫でられる。優しい体温を感じたらなんだか急にほっと安心してしまって、ミウチャの視界はじわりと涙に滲んだ。

「大丈夫よ。一流ブランドで働けなくても、彼氏が有名デザイナーじゃなくても、きっとあなたは今より幸せになれるわ」

そんなの、わかんないじゃないですか。

そう言い返そうと思ったけど、喉《のど》の奥から出てきたのは嗚咽《おえつ》だけだった。頬にナミの髪が触れて、そのオレンジ色が視界に焼きつくように鮮《あざ》やかで、たまらない。胸の奥で音が鳴った。価値があると信じて積み上げてきた塔が、心地よく崩れてゆく音だ。

ナミに抱きしめられ、廊下を行きかうスタッフたちの不審げな視線を食らいながら、ミウチャは子供のように泣き続けた。

ひとしきり涙を流し、ようやく落ち着いたのは、たっぷり十分も経ったころ。

おずおずと気まずく身体を放し、ミウチャは赤くなった鼻をずずっとすすった。

大人なのに、ぴーぴー泣いちゃって……なんだか恥ずかしい。

ミウチャはぎこちない動作で、ポケットからストックルームの鍵を出した。目をそらしながらナミに差し出す。

「約束なので。好きな靴を、好きなだけ持って行ってください」

「要《い》らないわ」

ナミはあっさりと首を振った。「私はラフな格好が好きだし、楽屋でもっと良いものを見つけちゃったから」

「え？」

「あなたが作ってくれた、この赤いパンプスだけあればいいわ」

じゃあ、何のためにショーに出てくれたの？

ぽかんとするミウチャの隣をすっと通り過ぎ、ナミはそのまま、長い廊下を歩き去っていった。

靴も恋人も、いくら見栄《みば》えがよくたって、自分を痛めつける存在だったら意味がない。

「デザイナーの恋人」というステイタスで、無理に自分を飾りつけるのはもうやめだ。

ショーの翌日、ミウチャはルブノに、会社を辞めることにしたと告げた。ちょっとは引き留められるかな、なんて思ってたけど、ルブノの返事はあっさりしたものだった。人事担当の社員の連絡先を渡されておしまい。ま、三番目だもんね。

一流ブランドでの仕事と、有名デザイナーの恋人。二つのステイタスをいっぺんに失ってしまったわけだけど、不思議と不安はなかった。造りの粗《あら》い靴を店頭に並べる時の憂鬱《ゆううつ》に比べたら、ずっとずっと晴れやかな気持ちだ。だってこれからは、シンプルでも長く履ける、快適な靴を作れるんだから。

ずっとしがみついてきた重たくて野暮なアクセサリーを捨て、新しいファッションを探すのだ。辞めた会社のことも別れた男のことも、もうどうだっていい。

そう、どうだっていい、けれど——それでもミウチャには一つだけ、気にかかっていることがあった。

ショーのあと、控室に置いてあったはずの宝石やアクセサリー類が、ごっそりとなくなっていたのだ。そもそもが海賊に横流しさせた略奪品なので、警察に通報するわけにもいかない。ルブノはすぐさま控室に出入りした人間を取り調べ、ボディチェックまでしたが、結局なにも見つからず、泣き寝入りするほかなかった。

あんなにたくさんの宝石、一体どこに消えちゃったんだろう？

取り調べを受けていないのは、ショーの途中で消えてしまったナミくらいだ。でもまさか、あんなに優しくて素敵な人が犯人なわけないし——。

きらびやかな宝石の行方《ゆくえ》は、永遠の謎《なぞ》だ。

episode:

ROBIN

Unscramble egg of the archeologists

ニコ・ロビンは甲板《かんぱん》の手すりにもたれ、遠ざかっていく海峡を見つめていた。

バルティゴを出てそろそろ数週間。次に立ち寄る港で、ロビンはシャボンディ諸島に向かう船へと乗り換えることになっている。

「ロビンさん、あの……珈琲《コーヒー》でもいかがですか?」

革命軍のバニー・ジョーが、おずおずとロビンに声をかけてきた。手に持ったトレイの上では、マグカップが湯気を吐いている。ひとり甲板にたたずむロビンを見て、気を利《き》かせてくれたらしい。

「ありがとう。いただくわ」

手を伸ばしたロビンとなにげなく目を合わせ、バニー・ジョーはぎくりと身体《からだ》をこわばらせた。ロビンが革命軍のもとへ来てから、そろそろ二年。慣れたつもりでも、彼女の眼《まな》差《ざ》しの強さには今でも時々動揺する。黒い瞳は音も光も吸い込みそうなほどに深い色をしていて、焦点があっただけで魂《たましい》を奪われてしまいそうだ。不意打ちだと、特に。

瞳と同じ色の黒髪と、くっきりとした二重《ふたえ》、すっと通った鼻筋。彫深《ほりぶか》で整った顔立ちに加え、立ち居振る舞いも涼やかで指の先まで美しいロビンを見ていると、きっと神様はこの人を隅々まで丁寧《ていねい》に作ったのだろうと思わされる。

「……どうかした？」

立《た》ち尽《つ》くしたまま動かないバニー・ジョーの顔を、ロビンは怪訝《けげん》そうにのぞきこんだ。

バニー・ジョーは、夢から醒《さ》めたようにはっと目を見開くと、「いえ！　なんでもありません！」と慌《あわ》てて言《い》い繕《つくろ》い、あわただしく船の中へと戻って行った。ロビンのために持ってきたはずの珈琲を、トレイの上に載《の》せたままで。

何しに来たのかしら……。

首をひねりつつ、ロビンは視線を戻した。

海域が変わったせいか、日が暮れるのが急に早くなった。眼前に広がる海は歩けそうなくらいに穏やかで、夕陽《ゆうひ》の射《さ》す道が海にかかる橋のようにきらめいている。波がさざめくたび、海原のあちこちでオレンジ色の光がまぶしく輝いた。

昔は、夕暮れの海を見るのが好きではなかった。炎に包まれたオハラを思い出すからだ。海に引かれた氷のラインを頼りに小さな舟をこぎながら、幼いロビンは何度も何度も後ろを振り返った。燃えさかる炎を写しとった海は、夕陽の空によく似ていた。雲にも届きそうなほどの炎が何を焼いて燃えているのか——考えだすと身体の震えが止まらなくて、ロビンは舟をこぐ手に必死に力を入れた。

それからの二十年は、気が遠くなるほど長かった。

——十六です。何でもします。

そう言って取り入った組織では、本当に何でもさせられた。どれだけ痛い目に遭《あ》って汚い仕事をさせられても、危険な任務を言い渡されても、それが屈辱《くつじょく》だとは思わなかった。身の置き所があるのなら、それで良い。〝歴史の本文《ポーネグリフ》〟を探すという目的を達成できるなら、自分のことなどどうでもよかった。

どこにいても、世界政府は必ず嗅《か》ぎつけてくる。そのたびに人を裏切り盾《たて》にすることで、生き延びてきた。

でも、きっともう二度と、同じことはできないだろう。

「……」

ロビンは上着のポケットから、丁寧に折《お》り畳《たた》まれた新聞の切り抜きを取り出した。トレードマークの麦わら帽子を胸に抱《かか》え、黙禱《もくとう》をささげる船長の姿。

麦わらの一味と出会って、初めて気がついた。ロビンが二十年間、人を裏切ってでも生き延びようと思えたのは、守るものがなかったからだということ。裏切ることなどけしてできない仲間に出会って、初めて夢をあきらめるという決断ができた。〝歴史の本文《ポーネグリフ》〟の収集をあきらめ、それどころか兵器を呼び起こして世界の均衡《きんこう》を揺るがせることになったとしても、彼らに生きていてほしかった。

最後に見た母やサウロの気持ちが、今なら痛いほどよくわかる。

「ロビン」

落ち着いた低い声に呼びかけられた。

振り返ると、白シャツの上から深緑色のエプロンをつけたサボが、甲板の入り口に立っている。後ろには、ハックの姿もあった。

……エプロン？　革命軍のナンバーツーが？？

ロビンの表情が怪訝そうになったのを見て、

「あぁ、これか？」

と、サボはエプロンの肩ひもを引っ張った。

「今日、おれ食事当番だから。それよりロビン、ちょっと来てくれよ。手伝ってほしいことがあるんだ」

サボに連れてこられたのは、船内の最奥《さいおう》にある貨物室だった。積み荷の大半は巨大な石材だが、古びた書物やガラス細工などもある。どれもこれも砂っぽく、辺《あた》りには土のにおいが立ち込めていた。

♔

コアラは、部屋の片隅に置かれた机に向かっていた。広げた本とにらめっこして、「う〜……」と何やらうなっていたが、ロビンに気づくとはっとして、サボとハックをにらんだ。

「もーっ、サボくん！　ハックも！　ロビンさんには言わないでって言ったのに！」

「しかしなぁ、コアラ一人では無理だろう」

「頼ったっていいだろ。ロビンだって同じ船に乗る仲間なんだから」

口々に言われ、コアラは「それじゃあ意味ないのーっ！」と頰《ほお》を膨《ふく》らませた。

「自分の力でやらなきゃ。それにこれは私が好きでやってることで、革命軍の任務とは関係ないんだよ」

「でも解きたいんだろ、それ」

サボはそう言うと、机に積み上がった本の山の間から一枚の石板を手に取って、ロビンに見せた。絵と文字の中間のような奇妙な記号が、等間隔にびっしりと彫《ほ》り込《こ》まれている。

「古代文字の解読をしてるのね」

ロビンが察して言うと、コアラは「うん」とうなずいて、大きな瞳を気まずげにそらした。

「……専門家でもないのに、無茶だってことはわかってるんだけど」

「もしかして、この部屋にある積み荷はすべて、どこかの遺跡からの出土品なのかしら」

つぶやいて、ロビンは室内をぐるりと見回した。

「紛争地域にある古い遺跡で見つかったんだ。そのままにしといたら戦闘に巻き込まれて破壊されちまうかもしれねェだろ。だから革命軍で保護して、協力関係にある学術機関に送ることになったんだよ」

「バルティゴで所持していた文献資料も一緒に寄贈するんだ。研究に役立ててもらった方が、革命軍が所持しているよりも良いだろうから」

「地元の言い伝えによると、その遺跡はユーカリ文明っていうのが栄《さか》えた時代の王宮跡なんだって。学術機関のある港に着くのは明日《あした》の昼。だから、それまでに解読できなければアウトなんだけど……」

サボ、ハック、コアラが、台詞《せりふ》を分け合うようにして順番に説明する。うなずいて聞きながら、ロビンは室内に積まれた石材を一撫《ひとな》でした。石材の表面には、薄い灰色をした細かな土が付着している。

「……ロビンさん、ごめんね」

おずおずと言って、コアラはロビンをじっと見上げた。

「出土品を遺跡から持ち去るなんて、考古学者だったら良く思わないよね。出土品を持ち

出すことについては、革命軍の中でも反対意見があったの。でも……」

「いいえ」

ロビンは、コアラを遮《さえぎ》って首を振った。

「最悪なのは、遺跡がその価値を理解しない者に破壊されて、永遠に失われてしまうこと。あなたたちの判断のおかげで、たくさんの貴重な資料がこうして戦火を逃《のが》れることができたわ。それに」

ロビンは視線を下げた。机の上に置かれたノートは、この二年ですっかり見慣れたコアラの筆跡でびっしりと埋まっている。古代文字を書き写して、ああでもないこうでもないと悩んだ過程が、ロビンには手に取るようにわかった。

「あなたが途絶《とだ》えた歴史の声に耳を澄まそうとしてくれていることが、考古学者としてとても嬉《うれ》しいの」

ロビンに微笑《ほほえ》みかけられ、コアラもつられるように目を細めて「えへへ」とはにかんだ。ほっこりした空気にあてられて、ハックとサボの表情も自然とゆるんでしまう。

「ロビン。ユーカリ文明について、何か知ってることはあるか?」

ハックに聞かれ、ロビンは小さく首を振った。

「残念ながら、名前を聞いたことがある程度ね」

確か、数百年ほど前に存在した小さな都市国家だ。大国同士の駆け引きからぽんとはじき出されるように生まれ、他国の侵略を受けながらも百年ほど独立を保ったが、最後には近隣の大国に吸収され消滅した——と言われているが、確かなことは全くわかっていない。ユーカリ文明の興《おこ》った地域は、今では各国が国境を接する紛争地帯になっているため、研究が進んでいないのだ。考古学者の間でも、おそらく名前すらほとんど知られていないだろう。

「でも、ひとつだけ言えることは——それが石板じゃなくて、焼成《しょうせい》された粘土板だってことね」

「え、そうなの？」

コアラは目を丸くして、机の上の板を見つめた。

柔らかい粘土に書かれた文字は、経年と共に乾燥して崩れてしまう。長期にわたって保存したい情報は石に刻んだはずだから、当たり前のようにこれは石板だと思い込んでいた。現に、目の前にある板は石のように固い。

「王宮のあった場所から出土したって言ってたわね。おそらく宮殿で火事があったんだわ。

高温で焼かれた粘土板は陶器のように固くなり、今日《きょう》まで朽《く》ち果《は》てずに残った……」

ロビンは長い指で粘土板の表面を撫でた。長い間空気に触れることなく土の中で眠っていたためか、保存状態は極《きわ》めて良好だ。

「いずれにしても、手がかりがなければ解読は難しいわね」

「そうなんだよね」

コアラはどんよりした声でうなずいて、机の上のメモを手に取った。

「はじめはね、文献を片《かた》っ端《ぱし》から調べて、似た文字を探してたの。参考になるかもしれないでしょ。でも、それらしいものが見つからなくて……で、仕方ないから」

「それぞれの文字の形から意味を推測しようとしたのね」

「うん。でも、全然だめ。自信があるのは、この字くらい」

コアラは、粘土板の中ほどの行にある一文字を指さした。


「これ、溶けかけた雪だるまが、両手を伸ばして助けを求めているところを表した文字だと思うの！　つまりこの字は『助ける』、または『助けを求める』って意味なんじゃないかな？」

「えー、そうかあ？」

粘土板をのぞきこんだサボが、首をひねった。

「おれには、頭から穴に落ちたアヒルが足をバタつかせてるところに見えるけど」

「いや、禿山《はげやま》に二本の枯れ木が植わっている絵じゃないか」

ハックも横から口を挟む。

「私には、チョッパーの帽子のように見えるわね」

ダメ押しのようにロビンが言うと、コアラは「えーっ！」と絶望的な表情になった。唯《ゆい》一《いっ》自信のあった文字の解釈ですら、こんなにも意見が割れてしまうなんて。

コアラはうなだれて、ぐでっと机の上に倒れ込んだ。

「もー、全っ然進まないよぅ……なんて書いてあるのか気になるのにーっ！」

「あら。読んでいいなら、今すぐに読むけど？」

ロビンがあっさりと言うと、コアラはガバッと身体を起こした。

「読めるの⁉」

「この文字を見るのは初めてだと言ってなかったか?」

と、ハックが、怪訝そうな視線を向ける。

「見るのは初めてよ。でも、よく似た古代文字をいくつか知ってるの。文法にも心当たりがあるから、フィーリングで行けると思うわ」

フィーリングって。

三人は言葉を失い、顔を見合わせた。初めて見た古代文字をフィーリングで読めるなんて、そんなことありえるのか? いくらロビンが優秀な考古学者だったとしても——

「……待って、似た文字があるの?」

コアラがはっと気がついて聞くと、ロビンは「ええ」とうなずいた。

「おそらく、同じ言語群に属するものだと思うわ。……読んでもいいなら今すぐ読むけど、どうする?」

意味深《いみしん》に見つめられ、コアラは慌てて「だめっ!」と叫んだ。

「まだ待って! できる所まで、自分の力でやってみたいの」

そう言うと思った。

「じゃあ、ひとつだけ、ヒントをあげてもいいかしら」

サボとハックとコアラが、「ヒント？」と声をそろえて首を傾《かし》げた。

「この文字は、象形《しようけい》文字ではなく、表音文字なの」

文字には、大きく分けて二種類ある。「意味」を含む表意文字と、「音」のみを表す表音文字だ。例えば、ワノ国で使われている漢字は、表意文字の一種で、それぞれの文字は物の形をかたどって作られている。「川」という漢字の形は、水の流れる様子《ようす》を表したものだし、「山」という漢字の形は現実の山に似ている。

一方、アルファベットは、文字それ自体に意味はない。A、B、Cといったそれぞれの文字は、ただ「音」を表すだけ。このような文字を表音文字と呼ぶ。

コアラがユーカリ文字を、漢字のような「表意文字」だと考えたのは無理からぬことだった。ユーカリ文字は一見すると子供の落書きのような形をしていて、いかにも何か現実の風景を描いたもののように見える。しかし、それこそが落とし穴なのだった。

たまたまなのだ。この文字が、絵のように見えるのは。

「ユーカリ文字は音を表すだけだから、文字の見た目から推測するのは遠回りね」

「近道があるのか？」

ハックに聞かれ、ロビンはあごに手を添えて少し考えた。

「そうね。方法はいろいろあるけど――文法上同じ変化をする言葉は、語形変化する直前の文字に母音が同じかあるいは発声が近い音が来る可能性が高いから、そこから似た音である可能性が高い文字同士をグループに分けて母音と子音を一覧にしたグリッドを埋めていくのはどうかしら」

どうかしら、と言われても。

「何を言っているのか全くわからない」

ハックが正直に言うと、ロビンは「つまりね」と説明し直した。

「今話したのは、文字の『音』を一つずつ埋めていくやり方なの。サンプルを千パターンくらいとれば、母音の一つくらいは特定できることが多いわ」

「……千パターンとって、やっと一つ？」

サボがげんなりして言うと、ハックも

「途方もないな……」

と、呆然《ぼうぜん》とつぶやいた。

「ええ。地道な作業よ」

「……じゃあ、無理だね。明日までに解読するなんて」

コアラは、どんぐりを埋めた場所を忘れたリスのようにしょんぼりしてしまった。母音一つ特定するのに千パターンの試行が必要となれば、明日までに解読するのは物理的に不可能だ。

「ええ、そうね。もしもこの文字が、他言語から完全に孤立したものなら」

意味深なロビンの口調に、コアラは「え」と顔を上げた。

「ユーカリ文明が栄えたのはわずか数百年前。言語が孤立するには短すぎる期間だし、世界政府の傘下《さんか》に入っていたのなら、周辺諸国との交流もある程度は行われていたはず。近い言語が、現代まで生き残っている可能性は高いわ」

「えーと、それじゃあ……」

コアラは、ロビンの言ったことを頭の中で整理しながら、ゆっくりと言った。

「この文字に似てて、なおかつ解読の進んでいる文字を探せば……」

「きっと容易に読めるはず。さっきも言ったけど、似た文字に見覚えがあるしね」

「そっか！」

ほっとしたように息を吐くと、コアラは改めて、貨物室内に積み上がった書物を見回した。

「ていうか、すでに似た文字が解読されてたんだね。私、ここにある歴史書ぜんぶ読んだのに全然気づかなかったよ。見落としてたのかなあ」

「見つけられなかったのは当然だわ」

机の上からロビンの手が生《は》えて、長い指が粘土板の角を押した。カタンと音を立て、粘土板が九十度回転する。

「縦横が逆なの」

「え――――っ⁉」

♔

ロビンがディナーの直前に貨物室をのぞくと、コアラは机の上に積み上げた本を一心不乱にめくっていた。ユーカリ文字の類似言語を探すのに夢中になっているようだ。

一応声をかけたが、今日は食事返上で頑張るという。

「適度に休憩を取った方が、効率がいいわ」

「うん！　わかった！」

いいお返事のわりに、コアラの目は相変わらず本の文字を追い続けている。邪魔をするのも悪いので、ロビンは黙って部屋を後にした。

熱中するコアラの気持ちが、ロビンにはよくわかる。

オハラにいたころ、ロビンも何度も古代文字の解読に取り組んでいたからだ。

初めて一人で碑文の文字を読みきった時の、目の前が急に開けたような気持ち。経験を積んで、未解読文字の文法を初めて発見した時の、あふれるような達成感。時間を超え、過去の人々と繋《つな》がれたのだという実感を、ロビンは昨日《きのう》のことのようにはっきりと覚えている。

古代言語の解読は、真っ暗な夜の海で必死に波をかくような作業だ。力が尽《つ》きる恐怖と戦いながら、あるのかもわからない陸地を目指《めざ》して進んでいく。仮説を立てては実行し、失敗から学んで挑戦する。行先の見えない、孤独な道のりを随伴《ずいはん》してくれる唯一の仲間はいつだって、先人のくれた「知識」だった。

ロビンの持つ考古学の知識は、けして一人で得た力ではない。オハラの学者たちが、そしてそれに連《つら》なる先人たちが残した知の集積を受《う》け継《つ》いで手に入れた、大切な遺産だ。だからこそ、考古学者であることはロビンの誇りだった。

読む人のいなくなった言葉はやがて古代語と呼ばれるようになり、色を閉ざして口をつぐむ。でも、考古学者がひとたび解読方法を見つければ、彼らは驚くほど雄弁に語りだすのだ。飢饉《ききん》の記録や税の徴収票、ワインの作り方から、砂漠の国のお姫様に送ったポエムまで、なんでも。

「コアラは……どこまで辿《たど》り着《つ》けるかしら」

ひとりごとのようにつぶやいて、ロビンは食堂の椅子《いす》に腰を下ろした。トレイの上の皿には、茸《きのこ》のソテーにローストポーク、それにライ麦のパンが載っている。茸は見かけない色をしていたが、出航地で積み込んだものだとすれば、おそらくあの地域に特有の食材なのだろう。

「あーっ、もうだめだっ!!」

突然、叫び声がした。

顔を上げると、遠くに座った男がガチャンとスプーンを投げ出したところだ。男は口元にナプキンを当て、真《ま》っ青《さお》になって身体を震わせている。体調でも悪いのか、テーブルに残った皿の上には、茸のソテーが山盛り残っていた。

「どうしたのかしら……」

首をひねりつつソテーを切り分け、口に運んで、ロビンはそのままの姿勢で固まった。

死ぬほど苦《にが》い。

炒《いた》め加減は完璧《かんぺき》だ。芯がほどよく残っていて、癖になるような歯ごたえがある。ただ、茸本来のものと思われる苦味だけが、猛烈にえげつない。

吐き出すわけにもいかないので、水で流し込んでなんとか丸飲みにした。男が青ざめていたのは、こういうわけか。よく見れば、食堂のあちこちでたくさんの人々が、目を白黒させながら茸と格闘している。

「どうしようかしら……」

ため息をついて、ロビンは皿の上の茸をまじまじと見つめた。

腐《くさ》っているわけではない。傷《いた》んでもいない。ただ苦いだけだ。貴重な食料を、自分の味覚に合わないからといって粗末にするわけにはいかない。

しかし、この苦さは耐えがたい。

本当にどうしよう。

途方に暮れていると、向かいの席にサボとハックが腰を下ろした。目が合ったハックが、どことなく楽しげに言う。

「このソテーを前にしても動じずポーカーフェイスとは、さすがロビンだな」

そうでもない。内心では結構動揺していた。

「ちょっと苦いかしら」

正直な感想を述べると、ハックは隣に座るサボに視線を送った。

「……しょーがねェだろ、作っちまったんだから」

じとっとハックをにらみ返し、サボは大きなため息をついた。

「その茸は、苦いんだ。どうしようもねェ」

サボは相変わらず緑のエプロンをつけている。つまりサボこそが、今日の食事当番であり、このソテーを作った犯人なのだ。

長い航海の時にはもちろんプロのコックが乗船するのだが、今回のように短距離の航海の時には、乗組員が交代で食事当番を務めることが多い。革命軍のナンバーツーであるサボも例外ではなく——というより、本人が特別扱いを嫌うので——きっちりルーティンに組み込まれている。

「この茸、出航地で積み込んだものよね」

茸を細かく切り分けながら、ロビンが聞いた。

「ああ。ルベリー茸《たけ》っていうらしい。地元の連中が平気な顔して食ってるのを見たから、何か苦味を抜く方法があるんだろうけど……刻んでも茹《ゆ》でても、全然味が変わんねェんだ。でも、だからって海の上で食材を無駄にするわけにゃいかねェだろ？」

「そうね」

ロビンはうなずいて、これ以上細かく切れなくなった茸をあきらめて口に運んだ。えぐいほど苦い。「無理しなくていいよ」とサボに気遣《きづか》われるが、気合で飲み込んだ。

食事当番がサボだったのは、不幸中の幸いだったかもしれない。作ったのが新人だったらさぞかし白い目で見られただろうが、信頼篤《あつ》い幹部ともなればみんな我慢して食べるほかない。もしかして、サボもそれをわかっていて、ルベリー茸のソテーを調理する役割をあえて引き受けたのだろうか。

ジッと小さな音をたて、テーブルに置かれたランプの炎が燃え尽きた。

サボはランプの油を足すと、マッチを擦《す》って炎を点《つ》け直した。控えめな橙色《だいだいいろ》の光が、周囲をぼんやりと照らし出す。

「……」

ロビンはスプーンを持つ手を止め、サボの灯《とも》した炎を見つめた。

古びた硝子《ガラス》のシェードの内側で、こよりの油を吸った炎が周囲をささやかに照らしている。優しく揺らめく明かりは幻想的で美しく、サボにとてもよく似合った。あの日オハラを焼いた炎は、残酷《ざんこく》で凶暴で、熱くて熱くて仕方がなかったけれど——サボの瞳に映るオレンジ色の影を見つめながら、こんなに優しい炎もあるのだとロビンは初めて気がついた。

「……ロビンがこの船にいるのも、あと少しだな」

ハックが、別れを惜しむでもなく言った。次の出航地でロビンは船を乗り換え、シャボンディ諸島へと向かうことになっている。

ロビンはその晩ゆっくりと時間をかけ、コップ七杯もの水を消費して、ルベリー茸のソテーをなんとか食べきった。

♔

「あら」

貨物室の手前でサボとハックと鉢合《はちあ》わせ、ロビンは驚いて足を止めた。

ロビンの手にあるのは、ディナーの時にキープしておいたパンとスープ。ハックが持っているのは、きれいにカットされた果物と炭酸水。サボはスコーンと紅茶。

三人とも、食事抜きで頑張るコアラを気遣って差し入れを持ってきたのだ。結果、ドンピシャのタイミングでかちあってしまったらしい。

「ちょうどいいや」

サボは紅茶とスコーンの入った小ぶりのバスケットを、ロビンの方に差し出した。

「ロビンが持ってってくれよ。おれやハックがいると、あいつ、強がるからさ」

「そうだな」

うなずいて、ハックもフルーツの皿と水差しを預けてくる。手が足りないので一本増やして受け取りながら、ロビンは困惑《こんわく》した。

「私でいいの？」

コアラは、考古学者であるロビンに解読を手伝ってもらうことに遠慮を感じていた。気心知れたサボやハックの方がいいのでは？　と思ったのだが――

「そういうもんなんだ。じゃ、よろしく頼むよ。ロビン」

サボがそう言い残し、二人は足音もたてずに去って行ってしまった。

パンとスープの載ったトレイと、フルーツの盛られたガラス皿に炭酸水入りの水差し、スコーンと紅茶のティーポット。「ちょっとした差し入れ」を明らかに超える物量の食事を手に、ロビンが貨物室のドアをノックしようとすると――

「あったあああ！」

扉の向こうから、コアラが叫ぶ声が聞こえてきた。どうやら解読作業に進展があったらしい。声の調子があまりに嬉しそうで、ロビンは思わず噴《ふ》き出《だ》してしまった。

「良いことがあったみたいね」

控えめに扉を開けて声をかけると、青い表紙の本を開いたコアラが、

「ロビンさん！　見てー！　見つけたよー！」

と、嬉しそうに駆け寄って来た。

「ほら、これ！」

コアラが差し出したページには、確かに、ユーカリ文字によく似た文字が紹介されている。見出しには「ソンクルーソ語」とあった。ロビンがユーカリ文字を見て真っ先に関連性を連想したのも、このソンクルーソ語だ。

「まだ解けたわけじゃないけど、これでやっと、一つ前に進めたよ！」

喜びを爆発させるコアラは、見ているそばから宙に浮き始めそうなくらいに嬉しそうだ。

「頑張ったわね」

ロビンはゆったりと微笑すると、疲れの滲《にじ》んだコアラの目もとを撫でた。

「食事を持ってきたの。そろそろ休憩した方がいいわ」

カタン、と背後で小さな物音。

コアラが部屋の中央を振り返ると、テーブルから生えたロビンの手が、スープやら果物やらスコーンやらを並べ終えたところだった。

「わ――い！　ロビンさん、ありがとう――っ！」

ぎゅっとロビンに抱き着いたコアラのお腹が、くー、と音をたてて鳴った。


キャベツの沈んだスープを丁寧にすくうコアラの仕草を、ロビンは正面に座って眺《なが》めた。

魚人《ぎょじん》空手師範代の革命軍幹部も、こうして見ているとごくごく普通の女の子だ。千切《ちぎ》ったパンを口に運ぶ動作などまるで木の実をかじるリスのようで、なんだかほほえましい。

思わずふふっと笑《え》みを零《こぼ》すと、コアラが不思議そうに視線を向けた。

「どうかした？」

「なんでもないわ」

ごまかして、ロビンは「ねえ」と続けて聞いた。

「どうして急に、古代文字を読もうと思ったの？」

「え？　えーとね……初めは、積み下ろしの前に埃《ほこり》をはたいておこうと思って、なんとなく粘土板を手に取っただけだったんだけど……」

コアラは、机の端に避けた粘土板の、真ん中あたりを指さした。

「ほら、ここ見て。書き間違えた跡《あと》があるの」

見ると確かに、一度書いた文字をぐしゃぐしゃと潰《つぶ》した跡がある。字を間違えたなら粘土で埋めれば上から書き直せるのに、これを書いた書記官はよほど横着者《おうちゃくもの》だったようだ。

「これを見るまでね、この文字を書いた人が本当に存在してたんだってこと、わかってなかったの。この粘土板も、貴重なものだから大事に運ばなきゃ、くらいにしか思ってなかった。でも――」

文字のふちをそっと撫で、コアラは浅く息を吐いた。

「これを書いた人には、伝えたい情報があったから、わざわざ文字に書いて残したんだよね。それなのにこの粘土板はずっと土の中にあって、長い間誰にも読まれずにいたんだなーって思ったら……なんだか急に、読まなきゃって気持ちになって」

「どうしてそう思ったのかしら」

「うーん」

コアラは少し考えた。

「わかんないけど、でも……言葉が届かないのって、苦しいから」

そうね、とロビンはうなずいて、粘土板の文字を眺めた。これを書いた人間は幸運だ。書いた言葉が奇跡のような巡《めぐ》り合《あ》わせで現在まで残り、しかも、コアラに出会えた。こんなにも真摯《しんし》に耳を澄ませてくれる人に。

絶対残すと思ったのに、コアラはスープとパンとスコーンと果物をあっという間にたいらげてしまった。

「ふーっ、おなかいっぱい」

さすがに食べすぎたようで、少し苦しげだ。

「やっぱり多かったかしら」

「ちょっとね。サボくんもハックも、私が自分と同じ量食べると思ってるんだから」

「知ってたの？」

コアラはとろっと笑った。

「わかるよ。この果物、港でハックが買ってたの見たし、スコーンなんて食事当番でもなきゃ用意できないし。私がやってるのは革命軍の任務でもなんでもないのにさ。……二人とも、仲間には甘いんだから」

ロビンとコアラは顔を見合わせて、ふふっと微笑んだ。サボとハックの気遣いなど、コアラにはお見通しだったようだ。

食事を終えたコアラは改めて机に向き直った。

「よーし、読むぞー！」

「ここまで来たら解読までもう少しよ。ソンクルーソ語には、すでに完成済のグリッドがあるはずだから」

え、とコアラが目をしばたたく。

ロビンは、ぱらぱらと、青い表紙の歴史書をめくり、

「ほら、あった」

と、ページを開いて見せた。そこには、現在使われている文字とソンクルーソ文字との、それぞれの読み方の対照表が載っている。

「わあ！」

コアラは目を丸くして、ページをのぞきこんだ。

対照表の中には、ユーカリ文字の「」に似た「」という文字があった。「ｚｇｕ」と発音するらしい。ソンクルーソ語はユーカリ文字にそっくりで、この表を適用すればそのまま読むことができそうだ。

「すごい……これがあれば、『音』はほとんどわかっちゃうね。あとは、文法を解き明かせば……」

「おそらくその必要はないわね。ユーカリ文明が栄えた時代、あの地域はすでに世界政府の統治下にあったはずだから」

「え、それじゃあ……」

ユーカリ文明がすでに世界政府下にあったのなら、たとえ文字は見慣れなくても、話し言葉は現代の共通語と同じものに統一されていたはず。もちろん、時代と共に言語は変化していくものだが、ほんの数百年程度のギャップならフィーリングである程度読めるだろう。ロビンやコアラだって、ほかならぬ同じ言語を話しているのだから。

コアラは半信半疑の表情で、粘土板に向かった。

グリッド表を頼りに、一文字ずつ読んでいく。

「はG、は……Oかな。つまり、ええと……」

GOMA
MUGHI

読める。

意味も、通じる。でも――

「……胡麻《ごま》と麦？」

コアラはきょとんと首を傾げた。

「なんだろう。税の徴収票かなあ。それとも、何かの儀式で使った供物《くもつ》の一覧とか？」

「いいえ。多分、違う」

ロビンは、室内に積み上がった石材を撫でた。表面に付着しているのは、白みがかった細かい砂。

――やっぱり。

「見て。遺跡からの出土品についている砂、白っぽいでしょう。こういう石灰質の土地では、強い木は育たない。王宮のように大きな建造物は、木造ではなく石材で出来ていたはずよ」

「そうなんだ」

コアラはいったんうなずいてから、「え?」と顔を上げた。

「でも、この粘土板、王宮の火事で……」

「そうね。でも、石で出来た宮殿が延焼することは考えにくいわ。粘土がこんなに固くなるほどの温度で焼かれているということは、この粘土板は火元のすぐそばにあったということになる。……例えば、炊事場とか」

コアラは、大きな目をぱちぱちと瞬《まばた》きして、グリッドと粘土板を見比べた。

「ってことは、ここに書かれてるのって……」

♛

翌朝の食堂は、大盛況だった。

「コアラさん、おれもおかわりお願いしますー！」

「こっちにもー！」

「わ〜っ、ちょっと待ってー!!」

大きなホーロー鍋《なべ》からスープをすくうコアラの前には、長蛇《ちょうだ》の列が出来ていた。パン作り担当のハックは顔に似合わぬ可愛《かわい》いミトンをはめ、オーブンの鉄板をダイレクトに掴《つか》んで、せっせと焼き立てパンを配っている。狭い食堂は人であふれ、ここ数日書斎にこもりきりだったドラゴンまでもが、空《から》のカップを手におとなしく列に並んでいた。

コアラの作った『ルベリー茸と卵のスープ』が、大好評なのだ。

「昨日のソテーにあった苦味が全然ないな。無限に食べられそうだ」

「パンもどんどん焼いてくれ、ハック！　スープによく合うんだよ」

日頃ストイックに任務をこなす革命軍たちだが、今朝《けさ》ばかりは緊張感をほどいて、あたたかいスープに癒《いや》されているようだ。

「この茸、昨日のソテーと全然味が違う。コアラさん、どんなふうに調理したんですか？」

バニー・ジョーに聞かれ、コアラはニヤリと嬉しそうに笑った。

「それはねー、企業秘密！」

忙しそうに立ち働くコアラの姿を、ロビンはキッチンからほほえましく見守っていた。

あの粘土板に書かれていたのは、スープのレシピだ。ルベリー茸をたっぷり使った、ユーカリ王宮秘伝の卵スープ。ルベリー茸は苦味が強く、生で食べると舌がしびれるほどだが、二時間ほど蒸《む》すことで味がまろやかになりコクが出るのだ。半信半疑ながらもレシピ通りに作ってみたコアラだが、結果は食堂の盛況ぶりが示す通りだ。

コアラははからずも、ユーカリ文明の地元民からご当地レシピを教えてもらったのだった。数百年もの時間を超えて。

幸せそうに食事を終えた男が、皿を戻しに

キッチンへと入って来た。洗い場にロビンがいるのに気づいて、「あっ」と声をあげる。

「ロビンさん、また皿洗いなんてして……やめてくださいよ。おれたちが怒られます」

「いいから、それちょうだい」

　ロビンは男の近くにあった棚から手を生やして無理やり皿を受け取ると、リレーのように手から手へと受け渡してシンクまで運んだ。

　この船の食事当番リストにはサボの名前すらあるというのに、ニコ・ロビンの名前はどこにもない。自分の名前も入れるよう頼んだのだが、サボはまだしも『革命の灯《ともしび》』にまでそんなことをさせるわけにはいかない、と断固として断られてしまったのだ。しかし、同じ船に乗っているのに自分だけ労働を免《まぬが》れて

いるというのは釈然としない。仕方がないので、こうしてときどき勝手に手伝うことにしていた。

どこからでも手を生やすことのできるロビンの能力は、実は非常に家事に向いている。高い所の掃除はお手のものだし、皿洗いだって効率よく終わらせられる。サウザンド・サニー号のコックさんは、女性に皿洗いなど絶対に絶対に絶対にさせないので、なかなか披《ひ》露《ろう》する機会がないのだけれど。

「手伝うよ」

キッチンに入ってきたサボが、ロビンに声をかけた。

「大丈夫よ。手ならたくさんあるもの」

「でも、疲れるだろ。全部ロビンの手なんだから」

有無《うむ》を言わさず、カウンターに咲いたロビンの手から布巾《ふきん》を抜き取ると、サボは濡《ぬ》れた皿やカップをきゅっきゅと拭き始めた。

「ありがとう」

二人並んで、分担作業で洗い物をこなしていく。革命軍のナンバーツーと並んで皿を洗っているなんて、冷静に考えてみればなんだか不思議な状況だ。

サボは本当に皿洗いを手伝いに来たのだろうか。もしかして、何か別に伝えたいことがあって、わざわざロビンを探してキッチンに来たのではないのだろうか。

乾いた皿を棚にしまいながら、サボは、食堂の方をうらめしげににらんだ。

「あいつら、おれの作ったソテーは全然食わなかったくせに」

冗談めいた口調に、ロビンは思わずふふっと笑みを漏《も》らした。

「おいしくなかったもの」

「まあね」

ソテーがゲロ苦《にが》だったのは、サボのせいではない。予備知識がなければ、誰が茸を二時間も蒸そうだなんて思うだろう。

ぱたん。

食器棚をしめると、サボはおもむろに、「あのさ」と切り出した。

「ルフィのことなんだけど……」

やっぱりその話か。

ロビンは泡まみれの皿をお湯ですすぎながら、顔だけサボの方へ向けた。

「わかってる。ここであなたに会ったことは、ルフィには言わないわ」

「いや、そうじゃなくて」

ルフィは、サボが生きていることをまだ知らない。そのことを改めて口止めされるのかと思ったのだが、どうやら違ったらしい。サボはまっすぐにロビンを見つめ、生真面目《きまじめ》に告げた。

「よろしく頼むよ。ルフィのこと」

ロビンは、皿を洗う手を止めた。

「本当に、それでいいの？」

他人に託すより、自分がそばにいたいはずだ。次の港で、ロビンは船を乗り換える。その時に一緒に来れば、サボだって、シャボンディ諸島でルフィに会えるのに。

「おれは革命軍で、あいつは海賊だ。目的が違うのに同じ船にいたらおかしいだろ。海にいればきっと会う日が来るさ。――それまでは、いいんだよ」

本当は、今すぐ会いたくてたまらないくせに。

この人は、他人のことを気遣ってばかりだ。いつも。

「だから、頼むよ。ルフィのこと。……あいつにゃ手を焼くだろうけど」

「ええ」

うなずいて、ロビンは窓の外へと視線を向けた。キッチンの窓枠に切り取られた海は、狭く遠く、果てしない場所まで続いている。

次の港でロビンは革命軍と別れ、シャボンディ諸島へと渡る。広い海を渡り続けてやっと巡り合えた、自分の身体と心を置ける場所。

麦わらの一味との再会は、もうすぐだ。

episode:

VIVI

The blue rose and the "writingale"

王宮にあるビビの部屋は、とても一国の王女のものとは思えないほど地味で質素だ。天《てん》蓋《がい》もないシンプルなベッドに、無地のカーテン。飾りと呼べそうなのは花瓶に挿《さ》された数輪の花くらいのもので、お姫様の部屋にありがちな巨大シャンデリアやクローゼットなど、どこにも見当たらない。それでも、この部屋はいつでも、王宮の中で一番華やかな場所だった。ビビがいるからだ。

給仕長のテラコッタに言われて紅茶を運んできたメイドは、ビビの部屋の前まで来ていったん足を止めた。

開いたドアの隙間《すきま》から、机に向かうビビの後ろ姿が見える。

すっと伸びた背筋《せすじ》に落ちるのは、月夜の泉を思わせる深い藍色《あいいろ》の髪。ゆるいウェーブのかかった毛先が、窓から入ってくる風を受けて緩《ゆる》やかになびいている。すらりとやせた肩幅といい、両手で摑《つか》めてしまいそうなウエストといい、どこに目をやっても華奢《きゃしゃ》で女性的な体つきだ。

「ビビ様。お茶をお持ちしました」

廊下から声をかけると、ビビはくるりと振り返り、オコジョのような黒くて丸い瞳をメイドに向けた。

「ありがとう。そこに置いておいてくれる？」

メイドは軽くうなずくと、ビビが目で指《さ》したローテーブルの上に紅茶の用意をした。ポットにかぶせたティーコージーの下からゆるく香るのは、メイドの彼女がいつも飲んでいるのと同じ茶葉のフレバー。王族なんだからもっと高価なものを飲めばいいのに、この王女様は父親に似て、ちっとも贅沢《ぜいたく》をしようとしない。

机の上には、世界経済新聞のバックナンバーや古い歴史書が、うず高く積み上がっていた。世界会議《レヴェリー》に向けて、各国の歴史や政治を勉強し直しているのだろう。王女であるビビが世界会議《レヴェリー》に集《つど》う各国の要人たちと良好な関係を築くことは、アラバスタの平和に直結する重要事項だ。彼女の国を想《おも》う信念は、か弱い外見からは想像もつかないほど強い。

ほんと、ビビ様の頭の中って、いつでもこの国のことでいっぱいなんだから。せっかく王女として生まれたんだから、もっと贅沢して、調子に乗ればいいのに。私なら、そうするけどなあ……。

メイドは苦笑《にがわら》いしつつ、邪魔にならないよう足音を殺して踵《きびす》を返した。

そのまま部屋を出ていこうとして、ふいに足を止める。ドアの横の壁に、珍妙な絵が飾られてることに気がついたのだ。

なんじゃこりゃ。

下手《へた》くそ、とかいうレベルじゃない。ラクダのまつ毛を集めたような線が交《まじ》わるばかりで、何が描いてあるのか全く判別不能だ。

「ビビ様……あの、この絵は」

思わずメイドが声をかけると、ビビは嬉《うれ》しそうに振り返った。

「ああ、それ？　街で会った子が描いてくれたの。私の似顔絵よ」

「えっ」

これ、人の顔？？？

言われてよく見てみれば、へろへろの線が作るフォルムはかろうじて人型を成《な》している、ような気もする。歪《いびつ》な黒い丸が二つ並んでいるのは、目玉だろうか。肩らしき場所から生《は》えているのは、耳に見えるけど……もしかして、腕？　それとも足？

「前衛的で、なかなか素敵でしょ？」

「ええ、まあ……」

メイドは顔をしかめ、壁の絵をまじまじと眺《なが》めた。

うーん。カルーが描いた方が、まだマシかも？

♔

カチリ。

足の下で時計の針が噛《か》み合《あ》う音がした。続けて、大音量の鐘の音《ね》が、三度。

残響に重ねるようにつぶやくと、コーザは展望台の手すりにもたれた。

「三時か」

王宮を別にすれば、ここがアラバスタで一番高い場所だ。広場を見下ろす時計台の最上階、ドーム型の天井の上にちょこんと作りつけられた尖塔《せんとう》型の展望台。眼下には、日干《ひぼ》し煉瓦《れんが》の建物がひしめくアルバーナの街並みが広がっている。

砂色の街並みのあちこちで、人々は今日も忙しく立ち働いていた。店先でコナーファを練《ね》るおばあさんや、野菜が山盛りになった荷車を引く若い男、路地から路地へと犬を連れて走り回る子供たち。市場には行商人の店が並び、彼らが地面に敷いたカラフルな織布《しょくふ》が細《こま》やかなモザイク模様を作っている。

この国は平和だ。今日も。

足の下で、再び時計の針がカチリと音をたてた。三時一分。と同時に、背後で勢いよく開いた扉がドンと背中にぶつかった。

「うわっ、びっくりしたぁ」

顔をのぞかせたのは、砂よけのターバンを頭に巻いた小さな少年だ。

「コーザ、なんでこんなところにいるんだよ。ここは立ち入り禁止だぞ」

「こっちのセリフだ。お前こそどっから入った、ファタ」

「だって、鍵開いてたもん」

口をとがらせて言うと、ファタは続けざまにびしっとコーザを指さした。

「てかさ！　コーザだって入ってんじゃん」

「おれはいいんだよ」

「ずっりー！　そうやっていつも大人《おとな》ばっかり！」

不満げに喚《わめ》くファタの膝小僧《ひざこぞう》は、埃《ほこり》で黒っぽく汚れている。おおかた、通気口かどこかを通って侵入したのだろう。

　ファタは、コーザがよく行く酒場の息子だ。先月八歳の誕生日を迎えたばかりのやんちゃ坊主《ぼうず》で、酒場の客にいたずらを仕掛けては、しょっちゅう父親から拳骨《げんこつ》を食らっている。ユパから遊びに来た父《トト》いわく、「ファタはお前の小さいころにそっくり」らしいが――コーザとしては心外極《きわ》まりなかった。

「子供が一人で、こんなところに何しに来た」

「絵を描くんだ。ここからなら、アルバーナが丸ごと見渡せるから」

　ファタはポケットから、ごわごわした紙を取り出した。葦《あし》の繊維を編《あ》んで作った、パピルスと呼ばれる紙の一種だ。乾燥地帯のアラバスタでは木から作る紙は貴重品なので、文

字や絵をかく時には、パピルスと鷹《たか》の羽根を削《けず》ったつけペンを使うのが一般的だった。

「絵ならここじゃなくても描けるだろ」

「別にいいじゃん。高いとこの方が、インスピレーションがわくんだよ」

生意気に言い返して、ファタはぺたりと床の上に座り込んだ。ポケットからインクの瓶を取り出すと、きゅぽっと蓋《ふた》を開ける。そして、羽根ペンの先っぽをちょんちょんとインクにつけ、下書きもなしにいきなり描き始めた。

「……まったく。立ち入り禁止だっつってんのに」

コーザはあきれつつ、アルバーナの街並みへと視線を戻した。

本当は、あまり大きな声でファタを叱《しか》れない。コーザだって子供のころは、ここを勝手に砂砂団《すなすなだん》の秘密基地と決め、仲間を引き連れて何度も忍び込んでいたのだ。立ち入り禁止の場所というものは、どうしてあんなにも侵入を試みたくなるのだろう。

下から巻き上がるぬるい風が、前髪をすくっていく。うっすらと眼鏡《めがね》に積もった砂をぬぐい、コーザは城壁の向こうに広がる遠景を見渡して目を細めた。

一口に砂漠といっても、光の加減や見る角度によって色彩は様々だ。岩陰《いわかげ》はくすんだ赤茶、日なたは白、坂の上の方は薄いオレンジで下の方は濃いオレンジ——砂の色調を横切って続く足跡の先には、列を組んで進むラクダの隊商がいる。

アラバスタを流れる時間は、すくった砂を零《こぼ》すように穏《おだ》やかだ。

この平和を守るのが、当面のコーザの仕事だった。ビビ王女はコブラ王と共に間もなくマリージョアへと旅立つ。イガラム、チャカ、ペルも同行する。彼らがいない間アラバスタを守るのは、国内に残るコーザだ。

もちろん、コーザは一人じゃない。国王軍だっているし、かつて反乱軍に所属した仲間たちもいる。それでも、一つの国を守るというのは、途方もなく大きな仕事だ。——その重圧は、いつもビビやコブラ王が背負っているものでもあるのだが。

「……ねえ」

足元で、ふいにファタがぽつりと言った。

「コーザってさ、かっこいいよね」

「は？」

「みんなから人気あるし」

「なんだ、急に」

気味悪そうに眉《まゆ》をひそめたコーザの顔を、ファタはまっすぐに見上げて聞いた。

「誰かを愛したことある？」

「…………………………どうだったかな」

たっぷり数十秒も沈黙してから、コーザはようやく干涸《ひから》びたような声を絞《しぼ》り出《だ》した。

なんだ、今の質問は。愛？　何が？

はァ〜、とファタは切なげなため息をついて、広場の向こうにそびえる王宮へと視線を移した。

「あのさ。おれ、生まれて初めて、女性を愛してしまったみたいなんだ」

さっきより長い沈黙のあと、コーザは「へえ」とだけ言った。

齢《よわい》八歳にして、早くも好きな子ができたのか。誰だろうな。花屋でよく店番をしているサルマは、確かファタと同い年だったはず。あの子かな。それとも、宿屋の娘のヤスミンか？

「……難しい恋なんだ。彼女、高嶺《たかね》の花なんだよあ」

「なんだ、ビビか」

「どうしてわかんの！」

そりゃあ。アラバスタで「高嶺の花」と言えば真っ先に浮かぶのは王女だし、それでなくてもビビのことはよく知っている。小さいころから何度も遊んだ幼馴染《おさななじみ》だ。

「みんなには内緒にしといてくれよ」

「誰に言うんだよ」

「わかんないけど、とにかく！　約束して！」

「わかったよ。……それにしたって、なんでビビなんだ。王女だぞ」

コーザが聞くと、ファタは照れたようにうつむいて「いろいろあったんだよ」とつぶやいた。

「いろいろって」

「……先週さ、おれ、広場のとこに座って、ビビ様の絵を描いてたんだ。新聞の写真見ながら。ほら、おれって絵を描くのが得意じゃん？」

知らないが。そうだったのか、とファタの手元をのぞきこんでみれば、パピルス紙には得体《えたい》のしれない黒々とした塊《かたまり》が描きつけられている。どう見ても下手だ。

「そしたら今までで一番上手《うま》く描けて、よっしゃーって思ってたら、なんと本物のビビ様が通りかかったんだ。テラコッタさんと一緒に。すげー偶然じゃん？　だからおれ、走ってって、ビビ様に絵をあげたんだ。ビビ様、すっごく喜んでくれてさ。それ以来、あの笑顔がずっと頭から離れないんだよ。目開けてても閉じてても、ずっとビビ様のこと考えちゃう。あの笑顔を思い浮かべると、心臓がもうやばいんだ。ぼんぼん鳴っちゃって……コーザ、これって愛だよなあ？」

おれに聞かれましても。

年長者としてふさわしい言葉が見つからず、コーザは飛んできた鳥に気を取られたふりをして視線をそらした。愛がどうたらはさておき、ファタはおそらく非常に難しい状況にいるだろう。ビビはファタよりかなり年上で、しかも王女だ。

しかし、恋をあきらめる理由として、年齢だの身分だのを挙《あ》げるのも無粋《ぶすい》な気がする。

「ビビ様の好きなものといえばアラバスタじゃん？　だから今度は、アルバーナの絵を描いて贈ろうと思ったんだ」

「……渡すんなら早くした方がいいぞ」

いつのまにか二羽に増えた鳥を目で追いながら、コーザはぼんやりと言った。

「ビビはもうすぐ、マリージョアへ出発するからな」

「えっ！」

世界会議《レヴェリー》のことはかなり前から新聞などで報じられているというのに、どうやらファタはそのことを知らなかったらしい。勢いよく飛び上がると、青ざめてコーザに掴みかかった。

「マリージョアって何⁉　どこそれ！　遠い⁉」

「遠い」

さーっと、ファタの顔色から血の気が引いていく。

「……どうしよう、ゆっくり絵なんか描いてる場合じゃないよな」

「別に、今生《こんじょう》の別れじゃあるまいし。世界会議《レヴェリー》が終わったら帰ってくるぞ」

「でも会えなくなるのは寂《さび》しいよ。ねえコーザ、おれどうしたらいい⁉」

「じっとしてろ。王女が世界会議《レヴェリー》に行くのは止められない」

あっさり言うコーザを、ファタはじとっと横目でにらんだ。

「コーザってさあ、誰かを愛したことないでしょ。誰かを本当に好きになったら、じっとしてるなんてできないんだよ。なんとしてでも、ビビ様がべ、、、レリーに行っちゃう前に好きだって伝えなきゃ」

「じゃーもう、勝手にすりゃいいだろ」

「でも色々問題があるじゃん！」

ファタは早口に言って、コーザのズボンにすがりついた。

「一緒に考えてよ。どうやってビビ様に会えばいいのか、とかさあ」

「さあ。その辺歩いてれば出くわすこともあるんじゃないか」

「運任《うんまか》せじゃだめだよ。あ、そうだ！　夜中に王女様の部屋に忍び込むのはどうかな？」

「馬鹿、チャカとペルにつまみだされるぞ」

「じゃあどうしたらいいの！」

知るか。

「手紙でも書いたらどうだ」

コーザが適当に提案すると、ファタは「上手くいかないよ」と首を振った。

「読んでもらえるわけないって。王宮には毎日色んな国からたくさん荷物が届くんだ。お見合い写真とかもたくさん来てるだろうし、おれの手紙なんて埋もれちゃうよ」

「埋もれねェだろ」

コーザはあきれて言った。――ファタのやつ、愛してるとかなんとか一丁前なことを口にしておいて、ビビのことを何もわかってないな。

「ちゃんと読むよ、あいつは」

どれだけ小さな「声」でも、ビビは絶対に無視したりしないと、コーザはよく知っている。

コーザは同じことができなかった。二年前——革命軍が響かせる地鳴りと砲撃の砂煙にかき消されたビビの声は、アルバーナに攻め入るコーザの耳に入らなかった。

もしも立場が逆だったら、ビビはきっと足を止めたはずだ。どんなに小さな声でも、ビビは必ず気づいてすくいあげる。どれだけ些細《ささい》なことでも、とても自分の手には負えないような大きなことでも、絶対に逃げずに真正面から向き合う。

子供のころから、そういうやつだった。

「本当？　本当にビビ様、読んでくれるかな？」

「信じろ。あいつは読む」

ファタは自信なさげだったが、コーザに背中を押されて、おずおずと床に広げたパピルスへと視線を落とした。すでに街の絵（らしきもの）が描かれているが、手紙を書くスペースはまだ十分残っている。

ちょんちょんと羽根ペンをインクにつけると、ファタは迷うように、羽毛の先でふさふさとアゴを撫《な》でた。それから、やけに遠くを見つめる目つきになって「はァ……」とため息交《ま》じりにつぶやいた。

「恋ってつらいよな」

頑張れ。


あーとかうーとか、うなりながらペンを走らせ続け、ファタは十五分ほどで手紙を書き終えた。

「コーザ、読んでくれよ」

「おれが読んだってしょうがないだろ」

「大人の意見が必要なんだよー、おれには！」

都合のいいヤツめ。

コーザはしぶしぶながら、差し出されたパピルスを受け取った。ざらついた紙の表面に、丸っこい文字が歪に並んでいる。

――僕の青薔薇《あおばら》へ。

書き出しの一行を見るなり、コーザは思いきり咳《せ》き込《こ》んだ。

「……この、青薔薇っつーのは」

「ビビ様のことだよ。薔薇って、本で読んだことしかないけど、すっごくきれいなんだろ？」

コーザだって実物を見たことはない。アラバスタの厳しい気候ではけして育たない、デリケートな花だ。ビビっぽくないいんじゃないか、と思う。あいつはもっとこう、少ない水でもすくすく育つ、サボテンみたいな花の方が……

「ねえねえ、どう？　おれの気持ち、伝わってるかな？」

期待に満ちた視線を向けられ、コーザは「あー……」と口ごもりながら、残りの文面にざっと目を通した。

ビビ王女、あなたのことをおもうと、むねの高なりが止まりません。あなたは、ぼくの、オアシスです。ぼくは、あなたのことを、あいしてしまったみたいなのです。うんたらかんたら。

「いーんじゃないか」

適当に読み飛ばして手紙を返そうとした時、ふいにひゅんと風が吹いた。完全に油断していたコーザの手の中から、パピルスが飛んでいく。

「「あ」」

慌《あわ》てて手を伸ばすが、間に合わない。手紙は風にあおられてジグザグに揺れながら、ゆっくりと広場に向かって落ちていった。

「おれの手紙！」

とっさに手すりから身を乗り出したファタの首根っこを捕まえ、そのまま脇に抱《かか》えて、コーザは全速力で地上に降りた。

手紙を誰かに拾われたらまずい。まずすぎる！

薄暗い螺旋《らせん》階段を三段飛ばしで駆け降り、最後の八段はまとめてジャンプ。ダン、と着地した勢いもそのままに両開きの木戸を蹴《け》り開《あ》けて、勢いよく外へと飛び出したが――残念ながら、時すでに遅し。

広場にはすでに人だかりが出来ていて、ファタのラブレターは回覧板のごとく回し読みされていた。

「ん――っ」

ビビはぐーっと伸びをすると、読みかけの本をぱたんと閉じた。壁の時計に目をやれば、勉強を始めてそろそろ数時間になる。小休止のつもりで窓を開け外の景色を眺めていたら、吹き込んできた風があまりに気持ちよくて、勉強する気が一気になくなってしまった。

そういえば最近は部屋の中にこもってばかりで、アラバスタのみんなの顔を久しく見ていない。

……久しぶりに、街に出てみようかなあ。

♔

「……」

コーザは広場に集まった大人たちを呆然《ぼうぜん》と見渡した。

「この手紙、いったい誰が書いたんだろうな。子供の字に見えるが……」

「まあ、恋しちゃうのもしょうがねェんじゃねェか。ビビ様は魅力的なお方だからなあ」

「あなたのことを想うと胸の高鳴りが止まりません、だって。ロマンチック〜！」

「早く落とし主に届けてあげないと。きっと困ってるぞ」

大人たちはあくまで厚意で手紙の落とし主を探しているのだろうが、ファタにとっては地獄絵図だ。秘めていたはずの恋心が、公衆の面前に開陳されているのだから。

(どうすんだよぉ、コーザぁ！)

ファタはすっかり涙目になって、コーザにすがりついた。

(なんとかしてくれよ！　コーザのせいだろ！)

(おれのせいか⁉)

(だってコーザが手紙を飛ばしたからじゃん！)

そりゃそうだ。コーザは、反論しかけた口を閉じた。ファタの言う通り、手紙をうっかり広場に落としてしまったのはコーザだ。

さて、どうしたものか――息を整えつつ、腕組みをして考える。幸い、手紙には差出人の名前は書かれていない。このままなんとか手紙を取り返すことができれば、ファタの名誉は守られるはずだが……。

「あ、コーザくん！　ちょっとちょっと、大変なのよ！」

コーザに気づいた恰幅《かっぷく》のいい女性が駆け寄ってきた。おしゃべり好きで有名な、絨毯屋《じゅうたんや》のマリおばさんだ。ファタはささっとコーザの後ろに隠れた。

「広場にラブレターが落ちてたの！　ラブレターよ！　し、か、も、ビビ様宛!!」

マリおばさんの目はすっかりキラキラしている。

「ねえ、コーザくんならビビ様のことよく知ってるでしょ？　いったい誰が書いたんだと思う？」

「さ、さあ……誰が書いたにしても、ふざけて遊びで書いたんじゃ」

「絶っ対遊びじゃないよ！　文章に情熱があるもの！」

なぜか自信たっぷりのマリおばさんの背後では、どんどん手紙が回し読みされている。

大人たちは、手紙の筆跡や文章を見比べながら、落とし主を推察しようとしているようだった。

「王宮の関係者かもしれないな。ペルもチャカも独身だし、ありえないとは言いきれまい」

「いやいや、さすがにこれは、大人の書く字じゃないだろう。子供だよ、子供」

「この辺に住んでる子だろうなあ。ファタなんか怪しいんじゃないか？」

自分の名前が出てきて、ファタはびくりと肩を震わせた。インクで汚れた手のひらを隠すように、コーザのズボンの裾《すそ》をぎゅっと握りしめる。

コーザは苦《にが》りきって、集まった大人たちをぐるりと見回した。ええと、この状況で、手紙を取り返すには……。

「そうだ！　手紙を広場に貼《は》っておいて、この字に見覚えがないかみんなに聞いてみようよ！」

手をこまねくコーザをよそに、マリおばさんがとんでもないことを提案した。

「いや、ちょっとそれは……」

「良いアイディアだわ。広場ならみんなが見るし！」

反対しようとしたコーザの声は、マリおばさんに賛同した大人たちにあっさりかき消されてしまう。

「そうと決まれば、早く貼っちまおう。落とした子はきっと困ってるよ」

「目立つように看板もつけておこうよ。〝誰かが落としたビビ様宛のラブレターです〟って！」

（コーザぁ……）

ファタはうろたえきって、コーザのふくらはぎを痛いほど握りしめた。

（おれもう、恥ずかしくてこの街で生きていけねえよ……）

どうする。どうする。

コーザは焦《あせ》って、広場を見回した。このまま黙って見ていれば、この悪気のない大人たちは自分たちの思いつきを行動に移すだろう。手紙は、アルバーナで一番目立つ場所に掲示されてしまう。そうなれば、手紙を書いたのがファタだとバレるのは時間の問題だ。

「それにしても、いったい誰なんだろうね？　この手紙を書いたのは」

「――～～～おれだよ！」

苦《くる》し紛《まぎ》れにコーザが叫んだ途端、広場が恐ろしいほどに静まり返った。

人々の視線が、一気にコーザのもとへと集まる。

コーザはごくりと生唾《なまつば》を飲み込んだ。ゆっくりと、広場の中央へ歩《ほ》を進める。コーザのズボンにしがみついたままのファタも、引きずられるようにしてついてくる。

マリおばさんが、唖然《あぜん》とする人々を代表して、おそるおそる聞いた。

「コーザくん……あ、あの手紙、あんたが書いたのかい？」

「……」

おれじゃねェ。

と、のどもとまで出かかった言葉を、コーザはなんとか飲み込んだ。ちらりと足元に視線をやれば、ファタはすっかり瞳をうるませ、必死の表情でコーザを見上げている。

コーザは唇《くちびる》を噛《か》んだ。――そんな顔で見るんじゃねェよ。なんとかしてやるから。

「……そうだよ。おれが書いた」

ヒュッ、とマリおばさんが息をのんだ。

広場が、再び静寂《せいじゃく》に包まれる。数秒後、ようやく状況を飲み込んだ人々が、我に返ったように次々と驚愕《きょうがく》の叫びをあげはじめた。

「コーザが⁉」

「ビビ様に⁉」

「ラブレター⁉⁉⁉」

かつて反乱軍を指揮したコーザは、アラバスタの有名人だ。終戦後も強いリーダーシップで復興を牽引《けんいん》し、その才気を王に見込まれて、若くして環境大臣に任命された。そんな男が、国中から愛される美しい王女に恋文などしたためたというのだから、アラバスタ国民にとっては一大事だ。

コーザはたちまち取り囲まれ、矢継《やつ》ぎ早《ばや》の質問を浴びせられた。

「そうかそうか、お前、ビビ様とは幼馴染だもんなあ。昔から好きだったのか？　それとも最近、友情が恋に変わったとか？」

「コーザさんの気持ち、砂砂団のみんなやファラフラさんたちは知ってるんですか？」

「この手紙、いつ渡すの？　一人で渡せる？　私、ついていこうか？」

「……いや、あの」

引きつって目を泳がせるコーザの肩を、マリおばさんが満面の笑《え》みでポンと叩《たた》いた。

「驚いたよ。まさかコーザくんが、ビビ様のこと愛してたなんてねえ」

「違《ちげ》ェ！」

思わず叫んでしまい、マリおばさんの顔がきょとんとなった。

「え、違うのかい？」

「ち……違わねェ」

もう何が何だか、自分でもよくわからなかった。今すぐこの場から逃げたい。

コーザは疲れきって、手紙を持っている男に向かった。

「ともかく、そういうわけだから……それ、返してくれ。大事なものなんだ」

「あ、ああ……なんか、悪かったな。大騒ぎして」

「いいんだ。落としたおれが悪い」

力なく言って、コーザは男の手から手紙をむしり取った。

あー。なんか、とんでもない誤解を招いた気がする。でもこれで、なんとか無事にファタの手紙を取り返せた。一件落着だ。仕切り直しだ。今日のことはもう忘れよう。

気を取り直し、コーザは広場に集まった面々をぐるりと見回した。

「全員、この手紙を見たことは忘れてくれ。それから、このことは絶対に口外しないこと。特にビビ王女には絶対に言うなよ」

「ビビがどうしたのかね」

背後で王の声がした。


聞き間違いでありますように。

祈るような気持ちで振り向いたコーザの視界に飛び込んできたのは、広場をゆっくりと歩いてくるコブラ王の姿だった。左右には、チャカとペルが付き従っている。

最悪だ。

「コ、コブラ王……あの……」

「コブラ王！　コーザくんがラブレターを書いたんですよ！　ビビ様宛に！」

取《と》り繕《つくろ》おうとしたコーザを、マリおばさんがしっかり遮《さえぎ》った。

「は？　コーザが？」

「ビビ様に？　……まさか」

チャカとペルがそろって目を丸くする。二人とも、にわかには信じられないようだ。

一方のコブラ王は、恐ろしいほどに無表情だった。眉一つ動かさずに「そうか」とうなずくと、低い声でゆっくりと続けた。

「見せなさい」

ぞくりと、コーザの首筋を悪寒《おかん》が這《は》い上《のぼ》った。

口調も声色《こわいろ》も穏やかなのに、この殺気じみた威厳と貫禄と迫力はなんだろう。コーザはほとんど反射的に、せっかく取り戻した手紙を差し出していた。

冷や汗がだらだらと首筋を流れて止まらない。

コブラ王は、むんずと手紙を受け取ると、黙って読み始めた。

「……」

王の背後から手紙をのぞきこんだチャカとペルは、書き出しを読むなり「青薔薇……」とつぶやいて顔を見合わせた。一方、コブラ王の表情は変化を見せず、執務でもなかなか見せないような険《けわ》しい顔のまま、じっと文字を追っている。

なぜだ。なんでこんなことに。どうしてこうなった。

「コーザ」

手紙を読み終えると、コブラ王はゆっくりと顔を上げた。

「お前なら、王家に婿《むこ》に来るということの意味はわかっているはずだな。その覚悟はあるのか」

「………」

差し出された手紙を受け取って、コーザは押し黙った。

あると答えればさらなる誤解を招くし、ないと言えば王家を軽んじたことになる。本当のことを言えばファタが傷つく。八方ふさがりだ。

「…………」

黙り続けるコーザに業《ごう》を煮《に》やしたのか、ペルが一歩前に進み出て、核心を突いた。

「コーザ。ビビ様のことを、どう思っているんです」

どうって言われたって――

そんなこと、考えたこともない。

ビビは幼馴染だ。小さなころから遊び仲間でライバルで、砂砂団の大切な一員だった。

父親と共にユバへ移住してからは会う機会こそ少なくなり、クロコダイルの一件では立場を違《たが》えもしたが、国を思う彼女の気持ちは疑ったことがない。

ひたむきで誠実なビビのことを、仲間としても、この国の王女としても、心から尊敬している。これからも、彼女と共にアラバスタを支えていくのが、コーザの望みだ。

……でも。

コーザは、手の中のパピルスをじっと見つめた。

だからって、ビビのことを「愛しい青薔薇」なんて呼べるかどうかは、別の話だ。第一、その手紙に書かれている感情は、おれのものじゃない。

ああもう嫌《いや》だ。帰りたい。知るかよ、おれがビビのことをどう思ってるかなんて――

「コーザ、早く答えろ」

チャカに厳しい視線を向けられ、コーザは身じろいだ。ペルもコブラも、まるで王家に歯向かう敵に向けるような厳しい目つきで、コーザをじっと見つめている。

そんな、重苦しい空気の広場に、ふいに能天気な声が響き渡った。

「あら、お父様。こんなところで、何してるの？」

とうとう本人まで来てしまった。

声のした方に顔を向ければ、ネフェルタリ・ビビ王女が広場の入り口に立っている。相棒のカルーも一緒だ。

「ビビ、様……珍しいですね。近頃あまり、お姿を見かけなかったのに」

「マリおばさん、久しぶり。最近は世界会議《レヴェリー》の準備でちょっと忙しくて。でも部屋にこもるのにも飽《あ》きちゃったから、たまには外で本でも読もうかなって思って出てきたの」

自分宛のラブレターを巡《めぐ》ってすったもんだが繰《く》り広《ひろ》げられているとはつゆ知らず、ビビは屈託《くったく》なく、片腕に抱えた本を持ち上げて見せた。カルーが相槌《あいづち》を打つように「クエーっ！」と鳴き声をあげる。

手紙のことをビビになんと説明したものか、そもそも知らせるべきか、それとも黙っているべきか。居合わせた誰もが判断に迷って戸惑《とまど》う中——コーザだけは、なぜかほっとした表情を浮かべ、ずかずかと広場を横切ってビビへと近づいた。

「あら、コーザ。どうしたの？」

「お前、来るのが遅《おせ》ェよ」

「はぁ⁉　何よ突然……」

いきなり悪態をつかれ、言い返そうとしたビビの手に、コーザは例の手紙を押しつけた。

「お前宛だ」

ファタの口があんぐり開いた。

（コーザのやつ、渡したぞ……！）

（王の目の前で……なんて大胆なやつだ……）

ざわめきが広場を駆け巡っていく。

ビビは、丸まったパピルスを不思議そうに眺めた。

「何よ、これ。手紙？」

「今読んでくれ」

（ココココーザぁ！　どういうつもりだよ⁉）

はっと我に返ったファタが、がくがくとコーザの足を揺さぶるが、ビビはすでに手紙を開いている。怪訝《けげん》そうだった表情は、文字を追うにつれて、次第《しだい》にゆるんでいった。

やがて最後まで読み終わると、ビビは丁寧《ていねい》にパピルスを巻き戻しながら顔を上げ――少し首を傾《かし》げてこう聞いたのだった。

「ありがとう。で、これを書いたファタはどこにいるの？」


アラバスタは、今日も快晴だ。摑めそうなほどくっきりとした日差しが、砂色の街に燦々《さんさん》と降りそそぐ。

「はあ……」

素焼きのゴブレットに入ったぶどうジュースを飲んだくれながら、ファタは重苦しくひとりごちた。

「愛ってやつはさあ、上手くいかねェよなあ……」

「そうだなあ」

コーザは適当な相槌を打ちつつ、焼き菓子を口の中に放り込んだ。

真昼間の酒場は客もまばらだ。カウンターに立ったファタの父が、暇そうに珈琲豆《コーヒー》を炒《い》っている。

「ふられちゃったけどさぁ……おれ、ビビ様を好きになったことは、後悔してねーんだ。これもいつかきっと、ほろ苦《にが》い人生の思い出ってやつになるじゃん？」

「わかってるな、ファタ。その通りだ。失敗を糧《かて》にして人は強くなっていくんだからな」

チャカが生真面目《きまじめ》にうなずけば、ペルも、イブリックから紅茶をそそぎながら微笑《ほほえ》んだ。

「ビビ様に気持ちをお伝えできたということ自体、誉《ほまれ》と思える日がきっと来るはず」

「うん、おれもそう思う」

神妙につぶやいて、ファタはぶどうジュースをぐびっと仰《あお》ぎ飲んだ。

コーザにチャカにペル。いずれも国の要職を担《にな》う錚々《そうそう》たる顔ぶれを相手に、王女にフラれた愚痴《ぐち》を聞かせて全く動じていないのが、八歳児の恐ろしいところだ。

「そういえばさあ、コーザはどうしてわかったの？　ビビ様がおれの字を知ってるってこと」

「バーカ」

コーザはフッと笑って、ファタの髪をぐしゃぐしゃとかき回した。

「お前が愛を語るなんて、十年早《はえ》ェんだよ」


——これを書いたファタはどこにいるの？

手紙を読み終えたビビの第一声を聞いた大人たちは、皆そろってきょとんと顔を見合わせた。なにしろ、手紙を書いたのはコーザだと誰もが思っていたのだ。コーザが自分でそう主張していたのだから当然だ。

「ビビ様……あの、それを書いたのはコーザですよ」

ペルが戸惑いながら指摘すると、ビビは不思議そうに「違うわよ」と首を振った。

「これは、ファタの字だもの。前に、似顔絵と一緒に手紙をくれたから、覚えてるの。コーザの字は全然違うわ」

ほらな。こいつは、こういうやつなんだよ。

なぜか自分のことのように誇らしくて、コーザは内心でにやりと微笑んだものだった。別に愛してなくたって、ビビについてコーザはよく知ってるのだ。長い付き合いの、幼馴染なんだから。

当のファタは、本物のビビを前にしてずっと凍りついていたが、コーザに足で押しやられておずおずと前へと進み出た。

「王女様……あの……」

ファタが唇を震わせながら「好きです」の四文字を絞り出すまでずいぶんと長い時間がかかったが、ビビはしゃがみこんでファタと目線を合わせたまま、辛抱強《しんぼうづよ》く待ってくれた。そして、彼の決死の告白に対して、真摯《しんし》な言葉をくれたのだった。

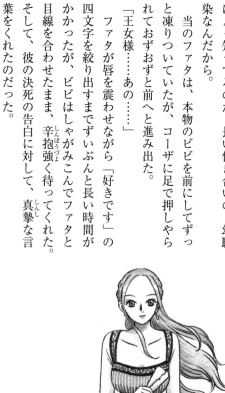

残念ながらそれは、ファタの望んだ返答ではなかったけれど。

王宮の中庭では、休憩中のメイドや料理人たちが集まって、あれやこれやと噂話《うわさばなし》に花を咲かせていた。

「そういえば、最近ビビ様、元気ないんだよね。食欲もないみたいで」

一人のメイドがなにげなく言うと、隣にいた別のメイドがすぐさま反応した。

「それってひょっとしてラブレター事件と関係あるんじゃない⁉」

「えーっ！　じゃあじゃあ、ビビ様が悩んでるのってまさか……恋煩《こいわずら》いってこと⁉」

「きゃー‼」

中庭に黄色い悲鳴が響き渡る。

女子たちのおしゃべりは、楽しい方へ楽しい方へと転がっていくものだ。〝ひょっとして〟というただの仮説は、あっという間に確定事項へと変わってしまった。

「ビビ様、うらやましいなあ。コーザさんって誠実そうだし、知的で正義感も強くてかっこいいじゃん」

「えー。私は付き合うなら、やっぱペル様がいい。お優しいし、物腰も柔らかで」

「私は絶対チャカ様!! 真面目だし、何よりあの鋭い眼差《まなざ》し! ぞくぞくしちゃう!」

メイドたちがはしゃぎあっていることなどつゆ知らず、ビビは自分の部屋で、ひとり机に向かっていた。広げた本を読もうと文章を目で追うが、さっぱり集中できなくて、全然内容が頭に入ってこない。

気にかかっているのは、コーザのこと……ではなく、ファタからもらった手紙のことだ。

「あーあ……」

頬杖《ほおづえ》をついたまま小さなため息を漏《も》らすと、背後で聞きなれた声がした。

「なにため息ついてんだ」

振り返ると、開け放したドアの向こうにコーザが立っている。

「別に。コーザには関係ないでしょ」

「あそこの壁、なんか貼ってあった痕《あと》があるな」

ビビが視線で促《うなが》すと、コーザは遠慮なく部屋の中へと入って来た。王女の部屋にこんなに気軽に入って来られるのは、国王を除けばコーザくらいのものだ。

近くに来たコーザからは、ナッツ交じりの珈琲の香りがした。ファタの父が淹《い》れるスペシャルブレンドの香りだ。

「……ファタの絵を貼ってたの。私の似顔絵を描いてくれたから」

「捨てたのか？」

「そんなわけないでしょ！　今も大切にしまってあるわ」

「じゃあどうして剝《は》がしたんだよ」

「……だって」

ビビは表情を曇《くも》らせ、椅子《いす》の背をぎゅっと両手で握りしめた。

「ファタに、悪いことしたかなって。手紙をもらったことは、本当に嬉しかったの。でも、気持ちに応《こた》えられなくて、もしかしたら傷つけたかもしれない。そう思ったら、なんか後ろめたくて……」

ちらりと、鋲留《びょうど》めの痕が残る壁を見る。

「……素敵な絵だったのに、剝がしちゃった」

「変わってねえな、お前は」

あきれ返りつつも、コーザはどこか嬉しそうにビビを見つめた。

「子供に告白されたくらいで、いちいち気にしてんじゃねェよ。一国の王女がそんなことで落ち込んでたら、神経もたねェぞ。世界会議《レヴェリー》に行ったら、世界中の偉い連中を相手にするんだろ」

「うーん……そうよね」

理屈ではわかっていても、なかなか心がついていかない。何かを切り捨てたりあきらめたり、仕方がないと割り切ることが、ビビはこの上なく苦手なのだ。すべての人に幸せでいてほしい。誰にも苦しんでほしくない。心からそう思う。

むー、とうなるビビを見て、コーザは苦笑いした。

この王女様は、きっと知らないのだ。たとえ初恋が実らなかったとしても、こんなふうに悩んでくれる王女がいる国に生まれたというだけで、その少年は十分幸運なんだってこと。

episode: PERONA
Nightmare after NAGASHIDARU

かつて栄《さか》えたシッケアール王国は、今や完全に廃墟《はいきょ》と化している。

黒ずんだ家々は巨人に踏み荒らされたように潰《つぶ》れて傾き、かろうじて建っている古城も今にも崩れて闇へと沈んでいきそうだ。石畳《いしだたみ》はすっかり苔《こけ》むして、あちこちひび割れている。

辺《あた》りはしんと静まり返り、言葉を閉ざして沈黙していた。葉擦《はず》れの音も、動物の鳴き声も、何も聞こえない。

シッケアール王国跡地《あとち》は、今夜も変わらぬ静寂《せいじゃく》に包まれている――――はずだった。

やかましい二人組が通りかかるまでは。

「お前、先週買い出し当番だっただろ。なーんでココアを買って来ねェんだ?」

「なかったんだから仕方ねェだろ。町中の店訪ね回ってやっただけ感謝しろ。大体、自分で買いに行きゃいいじゃねェか」

「簡単に言うなー!! 一番近くの小さい町に行くだけでもめちゃくちゃ時間かかるんだ

ぞ！」

やいのやいの言い合いながら歩いて来たのは、ペローナとゾロ。シッケアール城の居《い》候《そうろう》たちだ。二人の数歩先を、二頭のヒューマンドリルが先導して歩いている。

部屋でくつろいでいたペローナの部屋の窓をヒューマンドリルがコンコンと叩《たた》いたのは、今から十五分ほど前のことだった。ついてこいとジェスチャーで示され、袖《そで》を引かれるがまま城を出ると、同じように連れ出されて来たゾロと出くわした。どうやらヒューマンドリルたちには、何か見せたいものがあるらしい。

夜の王国跡地をてくてく歩いて横切り、森を抜けると海に出た。

「……ここがなんだってんだ」

不思議がるペローナを急《せ》かすように、ヒューマンドリルたちはしきりに沖の方を指さした。見ると、大きな樽《たる》がぷかぷかと波間を漂っている。樽にはしめ縄《なわ》が巻かれ、旗のようなものが掲《かか》げられているようだ。

「ありゃひょっとして流し樽か？」

ゾロが目を細めてつぶやくと、

「ココアが入ってるかも！」

とペローナは声を弾《はず》ませた。

ココアはペローナの大好物。なのにクライガナ島では滅多《めった》に手に入らなくて、ここの所ずっとイライラしていたのだ。

「……流し樽は海の守護神に供《そな》える貢物《みつぎもの》だぞ。ココアなんか入れるか？」

「可能性はあるだろ。私が海の神なら、上等のココアを貢《みつ》いできたやつをひいきする！」

本来、樽の中には酒や保存食を入れる習わしだ。でも、この樽を流したのが気の利《き》くやつで、もっと良いものを入れてくれた可能性だって大いにありえる。

「とにかく、早くあの流し樽を回収しねェと！」

勢いよく言ってから、ペローナはふと気がついて顔を曇《くも》らせた。

……あそこまで行くの、やだなぁ。

悪魔の実の能力者は、海に嫌われる。水に浸《つ》かると全身から力が抜けて、何もできなくなってしまうのだ。浮遊能力のあるペローナなら濡《ぬ》れずに樽を回収することはできなくもないが、それでも海面の上を飛ぶのは、少し、怖い。

かといって——

ペローナは、隣にいるゾロをちらりと見た。修業中の身であちこち生傷をこさえているこの男に、海水の中へ入れと言うのは酷《こく》だろう。

しょーがねェ、私が行くか。

腹をくくり、かかとを上げる。そのままふわりと浮き上がろうとしたところで、腕を掴《つか》んで引き戻された。

「おれが行く」

そう言うなり、ゾロはざぶざぶと躊躇《ちゅうちょ》なく海の中に入って行った。その動作があまりに自然だったので、ペローナはつい普通に見送りそうになり、はっと気がついて慌《あわ》てて声をかけた。

「何してんだ！　傷に沁《し》みるぞ！」

「沁みねェ」

「ウソつけ！」

「いいから待ってろ」

背中を向けたまま言うと、ゾロはばしゃんと勢いよく海の中に飛び込んだ。そのまま水をかいて、沖に向かって泳ぎ始めてしまう。

ペローナは思いきり顔をしかめた。

「……あいつ、また傷が開くんじゃねェか？」

日々の修業の中で、ゾロはミホークにやられっぱなしだ。ただでさえ生傷が絶《た》えないのに加えて、血だらけでこの城へ飛ばされてきた時の傷だって治りきったのか怪しいというのに、ゾロはちっとも自分の身体《からだ》を顧《かえり》みようとしない。

そうまでして強くなりたいと願うのは、きっと彼らのためなのだろう。雲隠れしているモンキー・D・ルフィと、麦わらの一味。

流し樽を担《かつ》いで戻って来るゾロの姿を、ペローナはぼんやりと見つめた。

「仲間、ねェ……」

ペローナにだって、大切な人くらいいる。七武海《しちぶかい》のゲッコー・モリアがそうだ。まぁ、スリラーバークがしっちゃかめっちゃかになった時には、彼を置いて逃げようとしたりもしたけれど——でも少なくとも本気で尊敬していたし、役に立ちたいと心から思っていた。死亡記事が出た時にはすごく悲しくてわんわん泣いたし、もしも生きていることがわかったら、すぐにでも荷物をまとめて会いに行くだろう。

十一歳の時に拾われてから、ペローナはモリアとずっと一緒にいた。でも多分、モリアはペローナの「仲間」じゃない。少なくとも、ロロノア・ゾロの言う「仲間」とは違う、と思う。

……仲間って、なんだ？

「おい、何ぼーっとしてんだ」

頭の上の方でゾロの声がして、ペローナははっと我に返った。

「見た目ほど重くなかったぞ。中身はカラかもな」

そう言って、ゾロは流し樽をどすんと浜辺に降ろした。よほど長い間海を漂っていたのか、近くで見るとずいぶん古びている。作りつけられた旗はすっかり色あせて、金具も錆《さび》だらけだ。

ペローナは早速《さつそく》、蓋《ふた》の留《と》め具《ぐ》を外《はず》しにかかった。ヒューマンドリルたちが「ウホ」「ウホホ」と興味津々《きようみしんしん》で寄ってくる。

「ホロホロホロ～……」

ココアが入ってますように～。

期待に胸を抱《いだ》きつつ樽を開けて――ペローナは「アァ？」と露骨《ろこつ》に顔をゆがめた。

樽の大きさのわりに、中身は赤ワインのボトルが三本入っているだけだったのだ。

「なんてつまらねェ物を入れやがるんだ……！」

ペローナは、わなわなと身体を震わせた。

「ワインなんてちっとも可愛《かわい》くねェ！　どうせならココアが良かったのに……」

憤慨《ふんがい》するペローナの隣で、ゾロも「なんだ、酒か」と鼻白《はなじろ》んでいる。この男は本来酒好きだが、刀に覇気《はき》を纏《まと》えるようになるまでは、ミホークに禁酒を言い渡されているのだ。

「波にもまれた酒は格別だって、うちの航海士が言ってたな……」

つまらなそうにつぶやくと、ゾロはワインのボトルを三本まとめてひっつかんだ。

「ワインなら鷹《たか》の目《め》が喜ぶだろ。城に戻るぞ」

踵《きびす》を返し、堂々たる足取りで歩いていこうとするゾロの首根っこを、ペローナは慌てて捕まえた。

「城はそっちじゃねェ！」

「ん」


ゾロの方向音痴は極度のもので、剣の才能と反比例しているのかと思うほどだ。キッチンは一階だと教えたそばから階段を上がっていくし、自分の部屋に戻るだけで一時間も城内をうろついている。初めのうちはペローナも、この男があっちこっちへフラフラ出歩くたびに世話を焼いて回っていたが、何度説明してもちっとも学ばないし、体力も有り余っているようなので、最近はもう野放しにしておくことにした。

隣を一緒に歩いてやれば、ゾロでもちゃんと家まで帰って来られる。夜道を並んで歩き、二人は明かりの落ちたシッケアール城へと戻って来た。

まったく、今夜は骨折り損もいいところだった。ココアが入ってるかもと期待したのに、まさか中身がワインだなんて！

こんなもんさっさとアイツにくれてやって、今日《きょう》はさっさと寝よう——と、ミホークの寝室に向かおうとして、ペローナはふと足を止めた。前を歩くゾロが握ったワインボトルが、三本ともずいぶん薄汚れてることに気がついたのだ。

「先に味見しといた方がいいんじゃねェか。アイツ、ワインにはすげーうるさいから」

「あァ、海を漂ってる間に劣化してる可能性はあるかもな」

ゾロもうなずき、二人はダイニングへと入った。

ペローナはダイニングテーブルにワイングラスを二つ並べ、コルクを抜いてじょぼじょぼとワインを注《つ》いだ。

「あーあ……ココアが良かったのになァ」

未練がましくボヤきつつ、くぴっと一口飲む。

その途端、もともと丸いペローナの目がさらにまん丸になった。

「なんだ、どうした」

ゾロが怪訝《けげん》そうに聞くが、ペローナはしばらく返事ができなかった。今、口を開けるわけにはいかない。この幸せを逃がしてしまう……！

ワインは、信じられないほどおいしかった。繊細《せんさい》な果実味とほどよい酸味、そして控えめな渋味《しぶみ》が、口に含んだ瞬間からすっと舌に馴染《なじ》む。カシス、赤スグリ、チェリーなど凝《ぎょう》縮《しゅく》された複雑なアロマが鼻の奥を甘くしびれさせ、長い余韻《よいん》の最後にホワイトローズをかすかに残していく――

ふぅ、と息をつくと、ペローナは目を輝かせて叫んだ。

「このワイン……すっっっっっっげ――――うめェぞ!?!?」

「おおげさだな。うめェっつっても限度があるだろ」

あきれるゾロを後目《しりめ》に、ペローナはグラスに残ったワインをくいっと一気に飲《の》み干《ほ》して、いそいそと二杯目を注いだ。

「おい、味見じゃなかったのか？」

「三本もあるんだからいいだろ〜、ちょっとくらい」

「ったく、つまみもなしにガブガブ飲んでんじゃねェよ」

いまいましげにボヤくと、ゾロはペローナの方をちらりとも見ずにダイニングを出て行ってしまった。自分は禁酒中で飲めないから、ペローナがおいしそうにワインを飲む姿を見ていたくなかったのかもしれない。

「……つまんねェやつめ」

つぶやいて、ペローナはテーブルの上に頬杖《ほおづえ》をついた。ワインを光に透《す》かして、しばらく眺《なが》めてみる。とっくりとした赤色は、明かりを帯《お》びるとかすかに明るくなって、まるで飴《あめ》を溶かしたみたいだ。グラスをくるくると回すと、果実と煙が混ざったような不思議な香りがふわりと零《こぼ》れた。

禁酒中でも、色と香りだけで結構楽しめるのに。いや、やっぱ飲めなきゃ意味ないか。

ペローナはぐるりと目玉を回した。

ゾロのやつ、覇気とかいうの、さっさと習得しちまえばいいのに。そしたら禁酒が解けて、一緒にワインが飲めるように……

「オラ、食え」

ふいに後ろから腕が伸びてきて、ドンと皿をテーブルに置いた。切り分けたメロンの上に生ハムを重ねた、妙な料理が載《の》っている。

「……何だこれ」

ペローナが聞くと、ゾロは心外そうに眉《まゆ》をひそめた。

「料理だよ。つまみがねェから、わざわざ作ってやったんだろうが」

なんだ、厨房《ちゅうぼう》で料理してたのか。てっきり、どこかに行っちまったのかと思ったじゃねェか。

ペローナは無意識に安心して、皿の上の食べ物に視線を移した。

「メロンに生ハムって……こんな料理見たことないぞ。お前、どういうセンスしてんだ」

「いいから食ってみろ。切ってのせるだけだから、味はクソコックが作ったやつと大差ねェはずだ」

ほんとか？

半信半疑でひときれ口の中に放り込むと、思いのほかおいしかった。ハムの塩気がメロンの甘味によく合っている。口当たりがなめらかなのは、メロンの切り口がこれでもかというほど綺麗《きれい》だからだろう。さすが世界一の剣豪を目指《めざ》しているだけあって、フルーツカットの技術は達人級のようだ。

「あ、そうだ！」

ペローナは、ふと思いついて言った。

「このワイン、一本はサングリアにしよう！」

「なんだ、急に」

「お前もアイツも剣を扱《あつか》うのが上手《うま》いだろ。果物をきれいに切れる！」

「あのな、おれが剣の腕を磨《みが》いてんのは果物切るためじゃ……」

「絶対おいしくなる！　はー、楽しみだ!!」

ゾロの反論など聞いちゃいないペローナは、勢いのままワインをくいっと飲み干して、

「ふ〜」と幸せそうなため息を漏《も》らした。

せっかくなので部屋の照明を消してみると、窓から差し込む月の光が、脆《もろ》く澄んだグラスをささやかに照らし出した。うら悲しくて薄暗くて、ペローナ好みのいい雰囲気だ。

「ホロホロホロ〜……最高の夜だな」

窓枠の中の月を眺め、ペローナはにんまりした。酔いが回ってきたのか、さっきから身体があったかい。フワフワして、なんだかわけもなく楽しい気分だ。ラベルに滲《にじ》んだワインの染《し》みが段々ミホークに見えてきて、「ふヘッ」と変な笑い声が漏れてしまう。

ゾロは、壁際《かべぎわ》で刀の素振《すぶ》りを始めた。何もこんな時間にしなくてもと思うが、彼にとっては寝る前の軽い修練らしい。それにしては、ありえない量の巨大な重《おも》りがついているのだが。

視界の中にゾロがいるというのは、悪くない気分だった。テーブルを挟んだ向こう側に誰かがいると、ワインがさらにもう少しおいしくなる。この妙な感じはなんだろう。ホットミルクがちょうどよく温《ぬる》くなったり、新品の固い靴が足に馴染んでくるような、ささやかな居心地の良さ——

「……変なの」

ひとりごとのつもりでつぶやいたのだが、地獄耳のゾロに「あ？」と反応されてしまった。

「なんでもない！」

大雑把《おおざっぱ》にごまかすと、ペローナはごろんと床に転がった。ひんやりとした感触が、火照《ほて》

った身体に気持ちいい。

「おい、私は今とーっても気分がいいぞ」

「そりゃ良かったな」

「呪《のろ》いの唄でも歌ってやろう。お前が今夜、とびきり怖い夢を見られるようにな」

「おー、歌え歌え」

冷えた床に背中をつけたまま、ペローナは機嫌《きげん》よく歌い始めた。

暗く寂《さび》しい旋律が奏《かな》でる、怨念《おんねん》こもった呪いの唄。


ペローナの気分は、ゴーストたちに伝染する。普段は青白いゴーストたちだが、今夜は全身をほんのりと赤く染め、ふにゃふにゃになって城内をさまよっていた。壁を擦《す》り抜《ぬ》け、床を通り抜け、迷い込んだのは最上階にある眺めの良い部屋。すなわち、ミホークの寝室だ。

「……お前ら。人の部屋に勝手に入って来るな」

肘掛《ひじか》け椅子《いす》に座って本を読んでいたミホークは、擦り寄って来るゴーストたちを迷惑そうに追い払うと、あきれ交《ま》じりにため息をついた。

「まったく、ずいぶんご機嫌らしいな。あのゴースト娘は」

「ん～………うぅ」

翌朝、ペローナは広間の寝椅子の上で目を覚ました。

上手く持ち上がらないまぶたを無理やりこじ開け、窓から差し込む日差しの中で小さな埃《ほこり》が舞うのをしばらくぼーっと眺めてから、ようやくのそのそと起き上がる。どっちがかけてくれたのか、身体の上にブランケットがのっていた。

ダイニングのテーブルの上は、グラスやらボトルやらが散らかったままだ。どうやらワインを飲みながら、そのまま眠ってしまったらしい。

「それにしても、おいしーいワインだったなぁ……」

昨日《きのう》の味を思い出し、ペローナはテーブルの上を片付けながらニヤついた。もう手に入らない代物《しろもの》だから、もっとゆっくり味わえばよかったかな。でも、まだ二本もあるし……。

あれ？

ペローナははたと手を止めた。空《から》のボトルが二つもあるのだ。一本だけのつもりが、二本も飲んでしまったらしい。どうりで記憶があいまいなわけだ。

しかも、まだ一本残ってるはずの、未開封のワインボトルが見当たらない。

「……私のワイン、どこ行った？」


この陽気でこの時間なら、きっとあそこにいるだろう。見当をつけて外に出ると案《あん》の定《じょう》、畑で水を撒《ま》く背の高い後ろ姿が見えた。

「おい、お前！　最後のワインをどこにやったっ⁉」

喚《わめ》きながら近づくと、ミホークは面倒くさそうに振り返った。

「お前のワインじゃない。おれのだ」

「私が見つけたんだぞ‼」

「おれの城に流れ着いた」

「でも――！　私が先に見つけた‼」

「だから、お前とロロノアに一本ずつくれてやる。残った一本はおれのものだ」

「うっ……」

腹立つ〜〜〜!!

返す言葉が見つからず、ペローナは唇《くちびる》を引き結んだ。今日はやけに日差しが暑くて、余計にイラつく。日光は苦手《にがて》なのに、急いで出てきたものだから帽子をかぶって来るのを忘れてしまった。

ミホークが、自分の麦わら帽子をぽんとペローナの頭にのせる。

「まだ暑くなる。さっさと城に戻れ」

「うるさい、命令すんな！　暑いのくらい平気だ。私だって畑仕事するからな！」

ヤケクソ交じりに言い捨てて、ペローナはわざわざ離れた畑に入った。ここにはもうすぐ新しい苗木《なえぎ》を植えることになっているので、今のうちに土を整えておかなければならないのだ。

昨日耕《たがや》しておいたので、土はやわらかくほぐれている。ペローナはしゃがみこんで、土に混じった小石を拾い集めた。

「アイツ、私が見つけたワインを横取りしやがって……せっかく三本目のワインはサングリアにしようと思ってたのに」

そもそもは三本ともミホークに渡そうとしていたことも忘れ、ブツブツ言いながら作業をしていると、ヒューマンドリルたちがやって来て隣にしゃがみこんだ。ペローナがやるのを真似《まね》して、太い指で器用に小石を拾って手伝ってくれる。

「おい、拾うのは石だけでいい」

ヒューマンドリルたちが土の中に混じった木の葉まで拾っているのを見て、ペローナはすかさず注意した。

「葉っぱは肥料になるんだよ。取りのぞくのは石だけだ。細かいのも残さず拾えよ、残ってると発育不良の原因になるから」

ヒューマンドリルたちが、コクコクとうなずく。

作業に熱中するうちに、じっとりとこめかみに汗が滲んできた。暑い。けど、我慢できないほどじゃない。平気だ、帽子があれば。

「ふー……」

長く息を吐いて、ペローナは太陽を見上げた。

晴れの日に屋外で農作業なんてゴースト・プリンセスの名が廃《すた》る、と思わないでもない。でも困ったことに、なかなか楽しいのだ、これが。作物がすくすく育つとそれだけで嬉《うれ》しいし、水をやったり間引きをしたりと世話を焼くのも気持ちがいい。それに、丹精《たんせい》こめて育てた野菜を食卓に並べる時の誇らしい気持ちといったら!

じとっと湿った暗い場所が好きだったはずなのに、いつのまにか日光を浴びて土いじりなんかするようになってしまった。これは完全にミホークのせいである。暗く湿った城にこもっているだけではわからなかった体験を、彼に教えられてしまった。

思えばミホークもゾロも、ペローナにとって不思議な存在だ。一緒にいて、居心地が悪いわけじゃない。でも、彼らはけして友達じゃないし、まして仲間でもない。じゃあ、何だろう。

同居人か?

一緒に住んでるんだから、そりゃあまあ「同居人」には違いないけど。関係性を表すには、なんだかあやふやな言葉なような。

……ま、どうだっていいことだけど。それより今は、畑だ。

「そういや、この畑、何の苗木を植えるんだ?」

「……ウホ?」

ペローナがつぶやくと、ヒューマンドリルたちの表情がきょとんとなった。

「って、お前たちに聞いてもわかるわけねェか。アイツが調達してきた苗木だしな。ワインに合うオリーブかなんかだろ、どーせ」

一人納得して、作業に戻る。

「………」

ヒューマンドリルたちは不思議そうに顔を見合わせていたが、下を向いて懸命に土を整えていたペローナは、そのことに気がつかなかった。


その日のディナーは、ミホークが用意した。

世界一の剣豪がエプロンを巻いてキッチンに立つ姿が見られるのは、シッケアール城に住む者の特権だ。オーブンから出した鶏肉《とりにく》に竹串《たけぐし》を刺して焼け具合を確かめる姿など、十字の剣を背負ってたたずむ孤高の姿からは想像もつかないだろう。

今日のメニューは、鳥のローストとソテー。いかにも赤ワインに合いそうな献立《こんだて》だ。ソテーには、畑で採《と》れたばかりの野菜がふんだんに使われている。シッケアール城の食事は、意外とオーガニックなのだ。

ミホークは食卓に着くと、例のワインをこれ見よがしにグラスに注いだ。

「ぐ～……嫌味《いやみ》なやつめ」

澄んだグラスの中で、少し枯れた赤色の液体が美しく輝いている。見つめているだけで、あの夢みたいな味わいが舌の上によみがえってきそうだ。

恨《うら》みがましく眺めていると、ミホークがあきれきった視線をよこした。

「……たかがワインで、そんな情けない顔をするな」

「なっ⁉　してないだろ！」

「してる」

短く言うと、ミホークは軽くグラスに口をつけ――「む」となって、猛禽《もうきん》類のような目をわずかに眇《すが》めた。

「これは……良いワインだな」

「だろ～！」

なぜか得意げに言うと、ペローナはずいっとミホークに顔を近づけた。

「そのおいしーいワインをもっとおいしく飲みたくないか？　飲みたいだろ？　な？　そこで提案なんだが、そのワイン、サングリアに」

「しない」

「なっ……」

あっさりと拒否され、ペローナはつんのめるように黙った。

「上等なワインにわざわざ混ぜ物をする必要はないだろう」

「でもー！　フルーツが入ってる方が甘くて可愛いだろ⁉」

「おれの趣味じゃない」

なんでー！　とペローナはますますミホークににじり寄ったが、「そう近づくな、うっとうしい」と、ネコのように追い払われてしまった。それでもあきらめずに食い下がる。

「ちょっとだけ、グラス一杯分でいいから、試しにサングリアにしてみるのはどうだ？

味見しておいしかったら、気が変わるかも」

変わらん、とミホークは即答したが、ペローナは無視してダッと厨房へと走り、腕まくりして包丁を掴んだ。

サングリアは、ワインに果物やお砂糖を浸け込んで作る。本当は一晩寝かすのが理想だけど、飲む直前に果物を入れるだけでも、風味は出るはずだ。

桃、オレンジ、林檎《りんご》、レモン。それぞれの果物の皮をむき、一口大に切り分ける。しかし、それなりに丁寧《ていねい》にカットしているつもりなのに、出来上がりは歪《いびつ》だった。ゾロが切ったメロンみたいに、ピシッときれいな切り口にならない。

「なんか違うなー……」

ザク、ザク、ザク——

いろんな形に切ってみるが、どうも上手くいかなかった。切れば切るほど、出来栄《できば》えはどんどん理想から遠ざかっていく。

「うわ——ん！　上手《じょうず》に切れないよ——っっ!!」

どうしよう。このままじゃ、残りのワインをすべてミホークに独占されてしまう。

むー、とペローナは唇を噛《か》んだ。もう二度と飲めないかもしれないと思うと、あのワインのおいしさが、舌の上によみがえってくるようだ。口にふくんだ瞬間ふわっと香る芳《ほう》醇《じゅん》なアロマ、いつまでもさわやかに残るフルーツの風味――

やっぱり、どうしてもあきらめられない。あのワインで作ったサングリアが飲みたい。なんとしてでも！

「もういい、説得作戦はやめだ。こうなったら力ずくで行くぞ！」

「は？　何言ってんだ、お前」

ちょうど厨房に入ってきたゾロが、怪訝そうに眉をひそめた。夕食を終えたところらしく、手に持っていた皿をシンクの中に沈めると、

「何やってんだ」

と、ペローナの手元をのぞきこむ。

「サングリア用の果物を切ってたんだが、上手くできねェんだ」

「あァ？」

まな板の上に積み重なったカットフルーツの山から、ゾロは薄切りにされた林檎を手に取った。

「ちゃんと切れてんじゃねェか」

「でもお前が切ったのと違う！　もっと切り口がきれいでつるっとしてて滑《なめ》らかじゃねェと！」

「どこを目指してんだお前は」

「だってアイツが〜！」

ゾロは林檎のカケラを口の中に放り込んだ。

「鷹の目なら夕食とっくに食い終わって、ワイン持って部屋に引っ込んだぞ。それよりお前、さっき何か妙なことほざいてなかったか？」

「あ、そうだった」

ペローナは丸い目をまっすぐにゾロに向けた。

「私は決めたぞ。ミホークから、力ずくでワインを奪ってやることにした」

「……」

「止めても無駄だからな！」

びしっと人差し指を突きつけ、力強く宣言して自分に気合を入れる。その勢いのまま厨房を出ていこうとすると、ゾロに「待て」と声をかけられた。

「なんだよ。止めても無駄だって言っただろ」

「おれも行く」

ペローナは眉をひそめた。

「は？　なんで」

「お前一人で挑《いど》んだところで、適当にあしらわれるのがオチだ。勝ち目がねェ」

「うるせェ、だからってなんでお前まで来るんだよ！　仲間でもないのに！」

憤慨《ふんがい》して、つかつかとゾロのもとへと歩み寄る。と、その時、シンクに積み重ねた果物の皮の陰《かげ》で、カサカサ……と音が鳴った。

ん、と振り返れば、全長十センチはあろうかという巨大なゴキブリが触角をヒクつかせている。

「ヒッ……」

身体から、すっと血の気が引いていった。ゴキブリはペローナが世界で一番嫌いなものなのだ。

やだやだやだ、こっちに来ないで――ペローナが後ずさろうとした次の瞬間、ゴキブリは両羽を広げてバッと飛び立った。

「や――っっっ‼　来ないで――ッ！！！」

ペローナは、たちまちパニック状態に陥《おちい》った。

あろうことか、ゴキブリはペローナの顔の方へと飛んでくる。

無理！　あんなものが顔に止まったら死ぬ!!

でも――どこに逃げたらいい!?

混乱して立ちすくんだペローナの目の前で、ゴキブリが突然すぱっと真っ二つに割れた。

「へ……」

右半身と左半身が、ぽすっと同時に床の上へと落ちる。

何が起きたのかわからず、ペローナは目を白黒させた。

……早すぎて全然見えなかったけど、今の、もしかして。

「確かにお前はおれの仲間じゃねェが」

チン、と刀を鞘《さや》に納めると、ゾロはうっすらと唇の端を上げた。

「まァ、困ってたら助けてやるくらいの仲ってこった。無料でな」

はからずも、ゾロがワイン奪還《だっかん》に参加してくれることになった。この男のことだからミホークと戦いたいだけのような気もするが、とにかく頼もしい相棒だ。

「しかし、一人で鷹の目に挑もうたァ、怖《こわ》いもの知らずだな」

最上階へと続く螺旋《らせん》階段を上がりながら、前を歩くゾロがぼそりと言った。

「てめーには言われたくねーよ！」

反射的に言い返して、数秒してからふと納得した。確かにゾロの言うように、命知らずの行動のように傍目《はため》には映るだろう。これから喧嘩《けんか》を売る相手は、あの〝鷹の目のミホーク〟なのだ。そういえば。

同じく王下《おうか》七武海のバーソロミュー・くまと対峙《たいじ》した時には、あまりの威圧感に泡を吹いて倒れそうになったというのに、相手がミホークだと何の気兼《きが》ねもなく全力で向かっていけるのは何故《なぜ》だろう。毎日顔を合わせていると、彼が七武海だということを忘れてしまう。

「中にいるな」

ミホークの寝室の扉の前までやってくると、ゾロはじろっとペローナをにらんだ。

「おれはアイツに一対一の勝負を挑む。お前、邪魔すんなよ」

やっぱりお前、鷹の目と一戦交《まじ》えたかっただけだな？

「言われなくたって、お前たちの勝負には興味ねェ。私の興味はワインだけだ！」

作戦会議終了。戦法は、正面突破一択だ。ゾロは寝室の方に向き直ると、片足を後ろに振り下げた。

バン！

勢いよく扉を蹴《け》り開《あ》けると、部屋の中央に置かれた肘掛け椅子にミホークが座っていた。いかにも二人が来るのを座して待ち受けていたと言わんばかりの風情《ふぜい》――ゾロもペローナも廊下でバカでかい声で話していたので、すべて筒抜《つつぬ》けだったらしい。

ミホークの傍《かたわ》らには、いつも背負っている十字の剣とは違う小ぶりの剣が立てかけられている。そして背後にある机の上には、あのワインが堂々と置かれていた。取れるものなら取ってみろということなのだろう。

「血迷ったものだな」

ミホークは低く笑い、立ち上がった。

「己《おのれ》の力を過信して、おれの首を取りに来たわけでもなかろうに」

「お前に勝てるとつけ上がるほど馬鹿じゃねェっつったろ」

「では、何を目論《もくろ》む」

「決まってんだろ」

ゾロはわずかに腰を沈めた。

「稽古《けいこ》だよ!!」

大きく跳躍《ちょうやく》して、真《ま》っ向《こう》からミホークに切りかかる。ミホークは手元の剣を引き寄せると、鞘から抜きもせず、向かってきた刀身を鍔《つば》で軽く受け止めた。散った火花が消えるころには、ゾロは二本目の刀を抜いている。左右から袈裟《けさ》がけに振り下ろされた刀を順に鍔元で弾《はじ》くと、ミホークはようやく鞘を抜いた。

「家具は壊してくれるなよ」

「保証できねェ!」

短く叫び、ゾロは気迫のままに突進した。すでに必死の形相を浮かべているゾロに対して、ミホークは自若《じじゃく》として、どこか楽しげだ。

部屋ごと散らされそうなほどの勢いで、激しい斬り合いが始まった。

「ホロホロホロ……」

戦う二人を後目に、ペローナはほくそ笑《え》んだ。

「鷹の目のやつ、まんまと気を取られてやがるな……」

四《よ》つん這《ば》いになって気配を消し、ワイン目指して壁際を移動する。地面に這いつくばるなんて普段なら絶対しないけど、ミホークを出し抜けるならもはや何でも良かった。

ワインの置かれた机まではもう少しだ。

あと五メートル、四メートル、三メートル——二メートルまで来たところで、突然、小刀が飛んできた。

「ぎゃっ！」

ペローナは悲鳴と共に飛び上がった。小刀はドレスの裾《すそ》を貫通して、膝《ひざ》すれすれの所で床に刺さっている。ハッと二人の方を見ると、ミホークがゾロの剣戟《けんげき》を受け止めながら、勝

ち誇った視線をよこした。

「お前――っ！　私に気づいてたな⁉」

「当然だ」

ナイフはかなり深く刺さっていて、ペローナが引っ張ったくらいではビクともしない。このままでは動けないが、かといってドレスを破くのは絶対に嫌だ。

「くそ……抜けねェ‼」

躍起《やっき》になるペローナを後目に、ゾロはミホークと熱闘を繰り広げている。

深く沈み込んだ刀の剣尖《けんせん》が、手堅く守るミホークの間隙《かんげき》をついて一気に撃ち入った。しかしミホークは姿勢を崩さず、剣をくるりと旋回させてゾロの両刀を同時に受け止める。そのまま強く押し返すと、ゾロは踏んばりきれず後ろに跳《は》ね飛《と》ばされた。

ミホークが小さく息をつく。その一瞬の油断をゾロは見ていなかったが――ペローナは違った。

「くらえ！　ネガティブホロウ！」

放たれたゴーストたちは、「ホロロロ……」と虚《うつ》ろに笑いながらミホークの方へ向かっていく。

「抜かったな、鷹の目！　生まれたことを後悔して膝をつくがいいっ！」

ペローナが調子に乗ったのも束《つか》の間《ま》。

跳ね飛ばされたゾロが思いのほか早く体勢を立て直して、ミホークの懐《ふところ》に飛び込んできた。よりによって、ゴーストの進路に割り込むようにして。

「あっ……」

慌ててゴーストを止めようとした時には、もう遅い。ペローナの放ったネガティブホロウは、スイ～っとゾロの胴体を通過して行った。

「うッ……」

ゾロが、がっくりと膝をつく。

「みなさんと同じ大地を歩いてすみません……！」

絞《しぼ》り出《だ》すように謝罪すると、額《ひたい》を床に擦《こす》りつけるようにしてうなだれた。自然と腰が高く持ち上がる姿勢になり、腰から提《さ》げた鞘の先が跳ね上がって、壁際に置いてあったスタンドランプに当たった。スタンドランプはバランスを崩してそばにあった本棚へと突っ込み、積んであった本がバサバサと机の上に落ち、その振動でワインボトルが倒れてゴロゴロと転がって――

ガシャン!!

「「「あ」」」

最後に残った、たった一本のワインは、床に打ちつけられて粉々になってしまった。

♔

不幸中の幸いと言うべきか、ワインボトルは胴体から真っ二つに割れた。そのおかげで、ボトルの底の方にはワインがいくらか溜《た》まって残っていた。量にしてグラスに半分もないくらいだが――三人は即時戦いを中断し、このわずかに残ったワインを細心の注意を払ってダイニングへと運んだ。

そして――

「ロロノア、もっと静かにそそげ。波立たせると香りが逃げる」

「うるせェな。文句があるならお前がそそげ、鷹の目！」

「おい、私のグラスの方がワインが少ねェぞ！　一ミリくらい」

三人は悪態をつきあいながらも、残ったワインを救出しようと奮闘していた。

ゾロが慎重《しんちょう》に割れたボトルを傾け、中に溜まったワインを二つのショットグラスへと注ぐ。その手元を、ペローナがじっと見張っている。ミホークは、ペローナが切ったまま放置していた果物を、ショットグラスに入るくらいの大きさにカットし直した。これを片方のグラスにだけ入れて、即席サングリアにするのだ。

「……終わりだな。これが本当の本当に、最後の一杯」

しみじみと言い、ペローナはサングリアの入ったグラスを手に取った。

「はー……もっと飲みたかった」

「それはおれのセリフだ」

ミホークは苦《にが》い表情でペローナをにらむと、

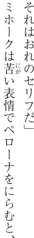

赤ワインのグラスを手に取った。「お前も乾杯くらいは付き合え」と促《うなが》され、ゾロもグラスに炭酸水をそそぐ。

ペローナは、手の中のサングリアをそっと光に透かした。美しい赤いワインの底に、完《かん》璧《ぺき》な正方形にカットされた果物が沈んでいる。グラスを揺らすと、ミホークの切ってくれた果物たちはくるくると踊り始めた。こんなに小さく、きれいに果物を切るなんて、自分には絶対にできないだろう。

ミホークもゾロも、ペローナにとっては、ただの同居人だ。けして仲間じゃない。断じて違う。でも、他人ってわけでもない。困ってたら助けてやるし、こうして同じワインを分け合ったり、一緒に畑仕事をしたりもする——それくらいの、浅からぬ仲なのだ。多分。

「乾杯！」

赤ワインとサングリアと炭酸水。

それぞれの飲み物を入れたグラスが、テーブルの真ん中でチンと打ち鳴らされた。

わずかに残ったワインを、さもしく救出したシッケアール城の住人たち――その様子《ようす》を、窓の外からこっそりと見守る人影があった。ヒューマンドリルだ。

「ウホ……」

三人が無事に乾杯したのを見届けると、ヒューマンドリルはそっと踵《きびす》を返して、仲間たちの待つ森の奥へと戻った。彼らは時々こうやって、こっそりとペローナたちの様子を観察しに来ているのだ。

「ウッホ、ウホホ（ペローナは最後に残ったワインを巡《めぐ》り、ゾロを誘ってミホークに戦いを挑みました。ミホークの部屋はめちゃめちゃでしたが、三人は無事に和解したようです）」

偵察に出たヒューマンドリルの報告を聞いて、ボスドリルは片眉を上げた。

「ウホホ、ウホホ？（ペローナのやつ、そんなにワインが好きだったか？）」

「ウホ、ウホウホホホ（彼女の大好物はココアです。でもここじゃココアは手に入らないから、おいしい飲み物に飢《う》えていたのでしょう）」

別のヒューマンドリルがそう推測すると、ボスドリルはますます不可解そうな表情になった。

「ウホ、ウホ、ウホ……（しかし、あと数か月も待てば大好きなココアが飲めるようになるではないか。ミホークは畑に『ココアカカオ』の苗木を植えるつもりでいるんだぞ）」

「ウホホーホ、ウーホホ（それが、どうやらペローナは、あの苗木が『ココアカカオ』だとは知らされていないようなのです）」

「ウホ？　ウホウホッホホ？（何？　なぜミホークは言わないのだ。わざわざペローナのために調達してきたのだろう？）」

ボスドリルから不思議そうな視線を向けられ、ヒューマンドリルは困ったように首をひねった。

「ウ～ホ～……（さあ……寡黙《かもく》な男ですから）」

extra episode: NAMI

Don't let me go

真夜中に見たあの鮮《あざ》やかなオレンジ色を、今でも時々思い出す。私がいる寝室に忍び込み、金庫の中身を丸ごと盗んでいったあの女の子。私が起きているのに気づくなりシーッと人差し指を立てた、その表情があまりにあどけないのに驚いた。

「私、ナミっていうの。お願いだから、騒がないで静かにしててね」

普通、名乗るか。泥棒が。

と思ったが口には出さず、私は彼女の要求通り静かにしていた。私とほとんど歳《とし》が変わらないような子供がたった一人で泥棒をしているなんて、どう考えてもワケアリだ。何の気配もなくこの寝室に侵入してきた時点で、そもそも只者《ただもの》じゃない。ネコが入って来たって、私にはすぐわかるのに。

ナミはほれぼれするような早業《はやわざ》で金庫のロックを解除すると、中に入っていた札束を手《て》際《ぎわ》よく袋に詰めた。そして部屋を出る間際、私の方を見て、「黙っててくれてありがとう」と微笑《ほほえ》んだ。

水底《みなぞこ》の藻《も》が吐いた小さな泡が水面で弾《はじ》けたような、寂《さび》しい笑顔だった。


私がこの船に監禁されて、そろそろ半年が経《た》つ。

埃《ほこり》の積もった暗くて狭い部屋が、今の私の世界のすべてだ。他人と繋《つな》がる瞬間は一日に一度、海賊たちが粗末な食事を与えに来た時だけ。それ以外の時間はいつも、ぼーっと壁を見つめて過ごしている。

私がさらわれた理由は簡単だ。

美しいから。

外見が綺麗《きれい》であるということは、得がたい才能らしい。美しい私を手元に置いて鑑賞したいと思う人々が、この世界にはたくさんいる。それで私は物心つく前に、親元から引き離されて、とある実業家へ売られることになった。

実業家は若い男性で、私のことを毎日ほめそやし、とても大事にしてくれた。欲しいものは何でも買ってくれて、私にたくさんのお金を費やし、最後には財産をすべて使い果たした。そして、私を養えなくなり、自殺した。

新たに私の主人となったのは、物好きな老婆《ろうば》だった。老婆も私のことを心から気に入り、とても可愛《かわい》がってくれた。毎朝、顔を見るたびに「綺麗だね」とほめてくれて、朝から晩まで私を手元に置いた。歳のわりには健康に見えたが、ある日、流行《はや》り病《やまい》にかかってあっさり死んだ。

私は、老婆の遺族によって競売《きょうばい》にかけられ、とある町の政治家に落札された。政治家は海賊と繋がっていて、町の情報を横流しする見返りに、略奪した金の一部を受け取っていた。町の人々は稼ぎの大半を奪われて貧しい暮らしを強《し》いられていたが、政治家の懐《ふところ》は潤った。その恩恵にあやかって、私もずいぶん贅沢《ぜいたく》をさせてもらったものだ。でもある日、ナミがやって来て、せっかく貯めた金を根こそぎ盗んでいった。おまけに彼女は、ついでとばかりに政治家と海賊との繋がりを新聞社にタレ込んでいった。それで政治家は失脚して、私を手放す羽目になった。

次の主人は、大富豪の一人娘だった。彼女は、前の三人と違って私を一人占めしようとはせず、むしろ世間に自慢したがった。私は芸能事務所に所属して、モデルの仕事をすることになった。

美しい私は、瞬《またた》く間に有名になった。新聞広告にも載《の》ったし、雑誌の表紙にもなった。

たくさんの人々が、私を一目見ようと家まで押しかけてきた。

そんなふうに見せびらかすから、海賊に狙われるのだ。ある冬の日、館《やかた》は海賊たちに襲撃され、私は強奪されてしまった。そして、高値のつくお宝として、船の底の暗い部屋に閉じ込められた。

ここでの生活はひどいものだが、そう長くは続かないだろう。きっとそのうち、適当な誰かが私を買ってくれる。そうしたらまた、いつもの生活が始まるはずだ。

好きでも嫌いでもない主人に愛《め》でられる日々。私が綺麗でいる限りは、みんな私のことが好きだから、欲しいものは何でも与えてくれるだろう。自由以外はね。

悪くない人生だと思う。

ただ一つ、心残りがあるとすれば、それは――ナミのことだ。

あの夜、部屋を出て行くナミを呼び止めればよかったと、後になって何度も悔《く》やんだ。

私ほどではないかもしれないけど、ナミだって十分に綺麗な子だ。泥棒なんて危なっかしいことをしなくたって、誰かに飼ってもらえば、ラクに生きることができたはず。映画みたいに毎日がワクワクの連続ってわけにはいかないけど、少なくとも食うものには困らないよ。金持ちの主人を見つければ、いくらでも贅沢《ぜいたく》な暮らしができるしね。

またナミに会いたいけれど、きっとそれは無理だろう。あんな生き方をしていた子が、長生きできるとは思えない。可哀想《かわいそう》だけど、とっくにどこかで野垂《のた》れ死《じ》んで――

「あら、可愛い子がいる。あなたもお宝なの？」

ふいに声をかけられ、目を開けて驚いた。

最後に会った時よりずっと背が伸びて、顔立ちもずいぶん大人《おとな》っぽくなってる。でも、間違いない。

目の前に立っているのは、ナミだった。

驚いたよ。まさか、もう一度会えるなんて。あの時より、ずいぶん髪が伸びたじゃないか。ポケットが宝石でパンパンに膨《ふく》らんでるってことは、泥棒稼業《かぎょう》も辞めていないらしいね。残念ながら私のことは、覚えていてくれなかったみたいだけど――私の方は覚えてるよ。この八年間、あなたの顔を忘れたことはなかった。

「外に出たいなら助けてあげるけど、どうする？」

そう言って、ナミは格子《こうし》の間から、まっすぐに私の顔をのぞきこんだ。

私は小さく首を傾《かし》げた。

外に出たいかどうかだって？　そんなこと、考えたこともない。

なかば成《な》り行《ゆ》きでナミに連れ出され、私は船の外に出て、久しぶりに太陽の光を浴びた。半年ぶりに見る青空は、まぶしすぎて目の奥が痛くなるほどだ。

港を抜けると、ナミは私を連れて大通りを歩き始めた。

両側にひしめく屋台から、日に焼けた男たちが引っきりなしに声をかけてくる。「そこの美人さん！」という呼びかけは、私とナミ、両方に向けられているのだろう。通りすがった魚屋の店先では、切り分けられた氷の上に私の身長ほどもある巨大な魚が寝かされていたので驚いた。外の世界っていうのは、全くおかしな場所だ。

こんなところへ私を連れて来て、ナミは一体、何をしようというのだろう。

もしかして、私を飼うつもりなのだろうか。

私はそっと、ナミの横顔を窺《うかが》い見《み》た。

ナミ――私に、そばにいてほしいの？

彼女が私を求めたのだとしたら、その気持ちは少しわかるような気がした。一人は寂しい。時には仲間を求めたくなることもある。

大丈夫。私たちは同類だよ、ナミ。どちらも美しく、そして孤独。私なら、きっとあなたの仲間になれる――


「あ、ロビン！」

急にナミが大声を出して、嬉《うれ》しそうに駆けだした。

「もう買い物は終わったの？」

「ええ。本屋さんに寄ったんだけど、残念ながら今日は閉まってたから。途中で見つけたお店でコーヒー豆だけ買ったわ。ほら」

「あ！　そのブランドの豆、私も大好き！」

「知ってる。だからこれにしたの。船に戻ったら、一緒に飲みましょう」

「やったー！　さっきサンジくんに会ったけど、今日はタルト作るって言ってたのよね」

……なんだ。仲間がいるんじゃないか。

私はすっかり拍子抜《ひょうしぬ》けして、ロビンと呼ばれた女性を見つめた。

背筋《せすじ》の伸びた立ち姿が美しい、聡明《そうめい》そうな女性だ。くっきりとした鼻筋が印象的な美人で、ナミより少し年上くらいだろう。

ロビンと話している時のナミは、良く笑った。夜中にこっそりとお宝を盗みに忍び込んでいたあの頃とは、雰囲気がまるで違う。

いつの間に、仲間なんか作ったんだ。そんな顔して笑い合える仲間を、いつの間に。

ロビンが買ったコーヒー、ナミも好きなんだって。きっとこれから家に帰って、二人で一緒にコーヒーを飲むんだろう。それからサンジってのが作ったタルトを食べるんだ。仲間は三人だけ？　それとも、ほかにもたくさんいて、毎日にぎやかに暮らしてたりするのかな。

私には、そんな仲間はいない。同じ時間を同じ気持ちで共有できる相手など。ずっと一人きりだった。友達がいたことはない。恋も知らない。

ナミも、そうだと思っていたのに。

しばらく二人の会話を聞かされてから、ようやくロビンが私に気づいて、

「その子、どうしたの？」

とナミに聞いてくれた。

「海賊船の宝物庫に閉じ込められてたの。お宝をいただくついでに、連れてきちゃった」

「綺麗な子ね。どこの生まれかしら」

「さぁ、どこだろう。ちょっと夏島《なつじま》っぽい雰囲気《ふんいき》だけど」

ナミが、ぐっと私に顔を近づけた。こぼれそうなほど大きな瞳の真ん中に、私がいる。

久しぶりに見た自分の顔は、思っていたほど綺麗ではなかった。

私がナミより美しいなんて、とんだ思い上がりだったのかもしれない。ずっと鳥籠《とりかご》の中に飼われて生きてきた私が、自由を知ってる子に叶《かな》うはずないじゃないか。

今までの主人たちに教えてあげたいよ。綺麗なものは、ケースに入れて飾っておくべきじゃない。日の当たる場所で自由にさせておくべきなんだって。

たまらなくなって、私は脚でカリカリと格子を引《ひ》っ掻《か》いた。

ナミ、外に出してくれ。

私も、あなたみたいに、自由になりたい。

「あ、なんか暴れてる。もしかして、外に出たいのかな」

ナミの細い指が、鳥籠の扉を押し上げる。

「ほら、出ておいで」

最後に鳥籠の外に出たのは、もういつだか覚えていないくらい昔だ。これまでずっと、止まり木の上で、ひたすらに他人の視線を受け止めて生きてきた。この翼は美しい羽毛の色を誇るためのもので、空を飛ぶためのものじゃないと思っていた。

ゆっくりと翼を広げてみる。

付け根がぎしっと軋《きし》んだが、翼は驚くほど簡単に、狭い鳥籠の中いっぱいに広がった。

飛べそうな気がする。

私は鳥籠の外に出て、力いっぱい羽ばたいた。

身体《からだ》がふわりと浮き上がり、風にのって上昇していく。

遠くに海が見えた。大きな船がたくさん泊まってる。こんなふうに地上を見下ろすなんて、初めての経験だ。

——こういうのも、なかなか悪くないじゃないか。光の柔らかさも、風の心地よさも、初めて知ったよ。

ちらりと真下に視線を向ければ、ナミとロビンは私に向かって小さく手を振っていた。美しい私を逃がしてしまったっていうのに、能天気なものだ。

私は、七色の翼を見せびらかすように大きく広げ、底なしの青空に向かって飛び込んだ。

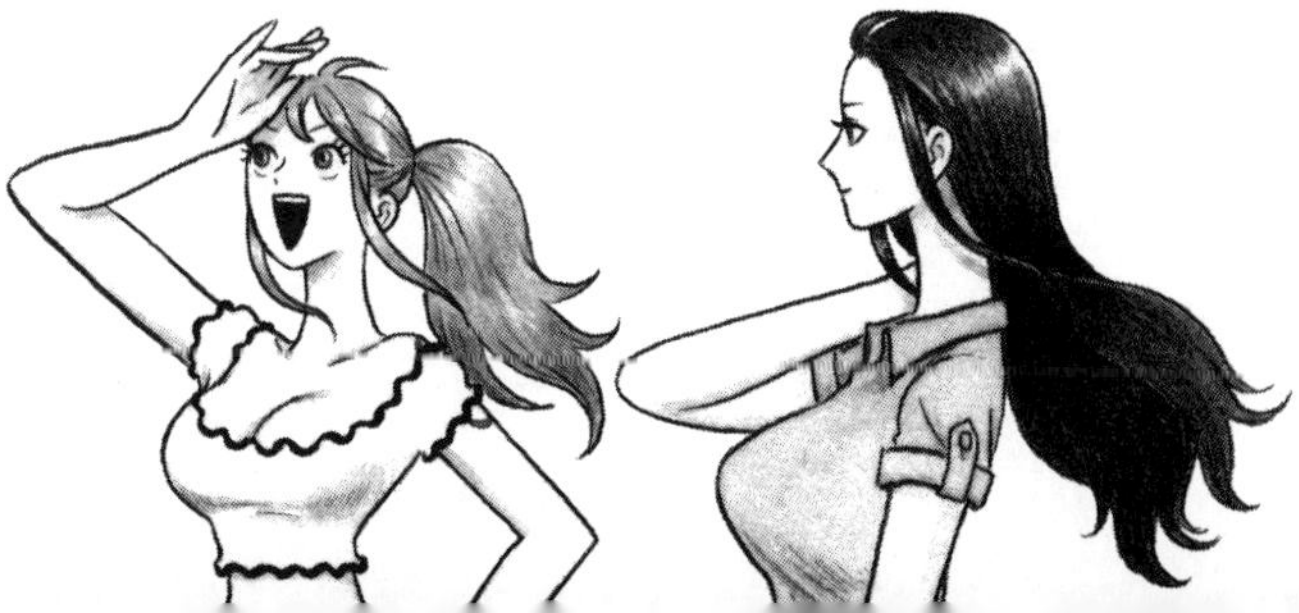

尾田栄一郎｜熊本県出身。1997年「週刊少年ジャンプ」34号より『ONE PIECE』を連載開始。

江坂純｜早稲田大学文学部卒業。ノベライズを手がけた作品に、『NARUTO -ナルト-』シリーズとして『サスケ新伝』『カカシ烈伝』『サスケ烈伝』『ナルト烈伝』（JUMP j BOOKS）などがある。

諏訪さやか｜イラストレーター。主に鉛筆、ペン、水彩などを使用。女性をメインとした人物イラストで、書籍や文芸誌を中心に活動中。

初出 「ONE PIECE magazine」Vol.8〜11

ONE PIECE novel HEROINES

2021年 6月 9日 第1刷発行
2024年 5月 19日 第4刷発行

原　　作 尾田栄一郎
小　　説 江坂純
イラスト 諏訪さやか

装　　丁 高橋健二（テラエンジン）
編　　集 株式会社 集英社インターナショナル
〒101-8050 東京都千代田区一ツ橋2-5-10
03-5211-2632（代）

編集協力 添田洋平（つばめプロダクション）
編 集 人 千葉佳余
発 行 者 瓶子吉久
発 行 所 株式会社 集英社
〒101-8050 東京都千代田区一ツ橋2-5-10
03-3230-6297（編集部） 03-3230-6080（読者係）
03-3230-6393（販売部・書店専用）

印 刷 所 中央精版印刷株式会社

ISBN978-4-08-703510-0 C0293

検印廃止